Manu Wirtz (Hrsg.)

TSCHÜSSIKOWSKI

Auf Nimmerwiedersehen und andere Irrtümer

Kurzgeschichten

Brighton Verlag® GmbH

1. Auflage Framersheim Mai 2017

Mitglied des Deutschen Börsenvereins: Verkehrsnummer 14567
www.brightonverlag.com
info@brightonverlag. com

Umschlagillustration: Manuela Wirtz und freepik.com
Satz : Ernst Trümpelmann

ISBN 978-3-95876-385-2

Inhalt

Vorwort

Man kann von so vielem Abschied nehmen: von einem brutalen Ehemann, dem stressigen Job, einem alten Koffer, der Heimat, einem geliebten Menschen, schlechten Gewohnheiten oder einer Schuld – und natürlich auch vom Leben. *Leise Servus* hieß es dann früher, heute sagt man »*und Tschüss*« oder ganz locker »*Tschüssikowski*«.

Woher kommt eigentlich das Wort „*Tschüssikowski*"? Der österreichische Autor Robert Sedlaczek schreibt in einem Artikel in der Wiener Zeitung über die Herkunft und Schreibweise des Wortes „*tschüs*". »Es geht auf ein norddeutsches *adjüs* zurück, dabei handelt es sich wohl um eine Abwandlung des spanischen *adiós*, das letztlich in dem lateinischen *ad deum* (= zu Gott) wurzelt.«

Eine andere Ursache vermutet er in der deutschen Synchronisation der Fernsehserie „Die Zwei" mit Roger Moore und Tony Curtis. Danny Wilde pflegte sich mit »*Tschüssikowski*« von der Bildfläche zu verabschieden.

Tschüss zu sagen, sich von jemandem oder etwas zu trennen – zu verabschieden, das kann leicht von der Hand gehen oder mit einem schweren Herzen. Wie unglaublich vielfältig das Thema *Loslassen* sein kann, zeigen die Geschichten und Gedichte dieser Anthologie, aus der Feder von 29 bekannten Autorinnen und Autoren sowie talentierten Neuentdeckungen.

Oft sind es die kleinen, sorgfältig zusammengestellten Geschichten, die aus einem Buch wahre Lesefreude machen. Ich bedanke mich bei allen Autorinnen und Autoren für viele emotionale Augenblicke voller Staunen, Heiterkeit, Gänsehaut und Herzklopfen und auch ein paar Tränen, die sie auslösten. Es war meine Verantwortung als Herausgeberin und ein hartes Stück Arbeit, aus der ideenreichen Vielzahl von 153 Einsendungen die besten und bewegendsten Texte auszuwählen.

Bei Ihnen, liebe Leserin, lieber Leser, bedanke ich mich für Ihre Neugierde auf diese Anthologie und wünsche nun ein großes Lesevergnügen.

Manu Wirtz
Schüller, April 2017

»Und ganz doll mich«

von Cornelia Aistermann

Mathilde war müde, sehr müde, man konnte sagen, sie war lebensmüde.

Sie lebte seit einiger Zeit an einem *Platz an der Sonne*, wie ihr Mann immer gesagt hatte. »*Platz an der Sonne. Pah!*«, Mathilde seufzte.

Ein *Platz an der Sonne* wäre wenigstens warm, dieser Ort aber war nicht warm, dieser Ort war kalt, eiskalt. So jedenfalls empfand sie es, heute, gestern und in den letzten Tagen, Wochen, Monaten.

Eigentlich fühlte sie die Kälte an diesem Ort erst, seit ihr Harald gegangen war. Seit dem Tag war es für sie hier eisig und unerträglich. Gegangen? Nein, er war wohl eher getragen worden. Verabschieden konnte sie sich nicht. Es war für sie plötzlich und völlig unerwartet passiert. Gerade hatten sie noch zusammen gefrühstückt, gerade hatte er sich von ihr verabschiedet, weil sie zum Friseur ging. Nicht weit, nur ein Stockwerk tiefer.

Stimmt, so gesehen gab es doch einen warmen Platz an diesem Ort, die Trockenhaube im Friseursalon. Mathilde lachte verbittert auf. Sie schloss die Augen und schwebte in Gedanken zu den schönen Erlebnissen ihres Lebens, ihres gemeinsamen Lebens mit Harald. Gerade tanzte sie mit ihm glückselig über ein spiegelblankes Parkett. Es war warm, es war Sommer. »Tanze mit mir in den Morgen, tanze mit mir in das G... grrrrm.«

Wie eine ratschende Nadel über eine Schallplatte schrammt, verwandelte sich das warme Glück ihres Traumes in die Eiseskälte dieses unglückseligen Ortes.

»G...grrrrm.«

»Guten Morrrgen!«, schnarrte eine barsche Stimme in ihre Ohren.

Und schon wurde ihre Decke, mit der sie versucht hatte, sich wenigstens etwas warm zu halten, weggezerrt.

Mathilde schlug fröstelnd die Augen auf. Da stand ihr fleischgewordener Albtraum. Schwester Berta, Gerda, oder wie immer diese unmögliche Person hieß.

Berta? Gerda? Rabiata! Das war ein passender Name für dieses Ungeheuer.

Mathilde musste bei diesem Gedanken lächeln.

»Oh, Sie lächeln ja! Da fängt der Tag doch gut an«, mit diesen Worten wurden ihre Beine mit Schwung in die Höhe gehoben. Mathilde kam sich vor wie eine Puppe, eine willenlose, gliederlose Puppe. Eine Schlenkerpuppe mit einem Kopf aus Porzellan, einem Kopf und Händen und Füßen aus Porzellan.

Kopf, Hände und Füße empfand sie als bleischwer, während sie den Rest ihres Körpers manchmal kaum spürte, vor allem wenn sie längere Zeit bewegungslos und starr in ihrem Bett gelegen hatte.

Mathildes Mimik verfinsterte sich. Wie sie es hasste. Wie sie es hasste, dass ihr Körper nicht mehr so beweglich war, wie sie es gerade noch im Traum beim Tanz mit Harald erlebt hatte.

Mathilde schaltete ihre Gedanken und Gefühle aus. Sie fühlte noch einen kalten, nassen Waschlappen auf ihren linken Arm klatschen, dann spürte sie nichts mehr. Sie machte die Augen fest zu und träumte sich in ihre Vergangenheit zurück, in ihre Vergangenheit mit Harald. In ihre warme Vergangenheit.

»Lass den Kopf nicht hängen!«

Das hatte Harald immer zu ihr gesagt.

»Lass den Kopf nicht hängen!«

Das war leichter gesagt als getan, vor allem, wenn man einen Kopf schwer wie Porzellan hatte.

»Puh, meine Güte, Thilde! Thilde, du wirst immer fetter und schwerer. Willst wohl, dass wir uns das Kreuz brechen«, nun drang das tägliche Genörgel von Schwester Rabiata in ihr Bewusstsein.

Wie immer stöhnte und ächzte sie, wenn sie Mathilde wusch und dabei drehte und wendete wie ein Stück Fleisch. Was nahm sich diese Person eigentlich heraus, sie *Thilde* zu nennen. *Mathilde* wäre in ihren Augen schon unangemessen, aber ihren Vornamen auch noch so zu verhunzen, das war ein unmögliches Benehmen. Früher hätte Mathilde ihr ordentlich die Meinung gesagt, aber nun war sie wortlos und stumm.

Zum Glück gab es hier Mitarbeiter, die versuchten nett zu sein, und die wenigstens einen Hauch von Wärme in ihren traurigen Alltag brachten.

Da war zum Beispiel die freundlich lächelnde Ellen. Viel häufiger war aber die Albtraumschwester im Dienst.

Das lächelnde Gegenstück brachte Mathilde regelmäßig Pralinen mit, Mozartkugeln. Die gleichen, die ihr Mann immer für sie bereitgestellt hatte, weil sie diese süßen Meisterwerke so gerne aß. Früher hatte er ihr die Süßigkeit an jedem Samstag mit einem Kuss überreicht. Seit sie hier in der Einrichtung lebten und Harald selbst nicht mehr einkaufen gehen konnte, hatte er dafür gesorgt, dass das Naschwerk jede Woche frei Haus geliefert wurde. Die nette Ellen hatte nach Haralds Tod diese Tradition weiterleben lassen, nur kam jetzt nicht mehr jede Woche eine neue Schachtel, sondern wie ihr Bedarf war. War die Packung leer, wurde Mathilde eine neue gebracht. Eigentlich aß sie selbst von dieser süßen Köstlichkeit nur noch wenig, der Appetit war ihr vergangen. Trotzdem waren die Kugeln schnell verzehrt.

Wie auf Kommando tönte es nun neben ihr: »So, zur Belohnung für die Plackerei mit dir, Thilde, gönne ich mir wieder eine von deinen Bachbuletten.« Lachend stopfte sich Schwester Rabiata eine der leckeren Kugeln in den Mund und zerkaute diese laut schmatzend. Das Folienpapier, das jede einzelne Mozartkugel umhüllte, schnippte sie mit einem verächtlichen Grinsen wie immer neben Mathildes Bett. »So, damit die Reinigungstussi vor dir niederknien muss. Dann liegt dir wenigstens auch heute mal wieder einer zu Füßen. Tschüssikowski, bis zur nächsten Runde! Hahahaha!«

Lachend verließ die gehasste Pflegerin den Raum. Mathilde atmete tief durch. Hatte diese Person wirklich vor nichts und niemandem Respekt? Nicht vor ihr als Bewohnerin, nicht vor ihren Kolleginnen, nicht mal vor Mozart?

Traurig seufzte Mathilde. Hätte sie gekonnt, hätte sie dieser schäbigen Person, der sie hilflos ausgeliefert war, die blondierten Strähnen ihrer zu einem Zopf zusammengebundenen Haare einzeln herausgerissen. Die Traurigkeit mischte sich wie immer mit einem starken Gefühl von Wut.

»Lass den Kopf nicht hängen! Pack das Problem beim Schopfe!«, ertönten in ihrem Kopf Haralds gut gemeinte Aufmunterungen.

»Wie denn?«, stöhnte sie mit tränenerstickter Stimme.

»Wie denn, mein lieber Harald, wenn man einen Kopf und zwei Hände hat, die so schwer wie Porzellan sind?«

»Ein liebender Mensch schafft alles.« Da war wieder Haralds Stimme in ihrem Kopf.

»Liebe kann Berge versetzen.« Auch das waren eindeutig seine Worte.

»Liebe, ja, aber ich empfinde keine Liebe«, antwortete sie tonlos ihrem Harald.

»Doch, doch! Überlege doch einmal!«, kam es zurück.

»Ich liebe die Erinnerungen an unsere gemeinsame Zeit und ich liebe ganz doll dich«, führte Mathilde das innere Zwiegespräch fort.

»Und, und ...?«, nun schien Haralds Stimme sie zu necken.

»Und ganz doll mich!«, dies sagte Mathilde laut und musste lachen.

Sie erinnerte sich an einen Gag, der das Ehepaar Jahrzehnte begleitet hatte.

Volker Lechtenbrink hatte seinen Schlager gesungen über die Dinge, die er mag und bei der Textzeile „und ganz doll dich“ hatten Harald und Mathilde immer laut mitgesungen und beim „dich“ auf den geliebten Partner gezeigt. Dann hatte ein bekannter Liedermacher für Kinder das Lied in abgewandelter Form neu aufgelegt. Darin sangen die Kinder »und ganz doll mich«. Als Harald und sie diese Version ihres Liedes zum ersten Mal hörten, hatten sie bei der Textstelle „und ganz doll mich“ wie gewohnt zunächst auf den anderen gezeigt, um dann zeitgleich und spontan, lachend mit dem Finger auf die eigene Person umzuschwenken.

»Und ganz doll mich«, sang Mathilde mit leiser Stimme.

»Und ganz doll mich«, wiederholte sie noch einmal, diesmal lauter.

»Und ganz doll mich«, intonierte Mathilde nun so kräftig wie sie konnte. Und wäre in dem Moment nicht klappernd ein Essenswagen an ihrer Zimmertür vorbeigerollt, wäre ihr Kampfgesang mit Sicherheit auf dem Flur zu hören gewesen und hätte für Verwunderung gesorgt.

»Mathilde, du bist eine *Mathilde.*«

Harald, wie oft hatte er ihr das gesagt und damit auf die Bedeutung ihres Namens angespielt: Mathilde, die *mächtige Kämpferin.*

Von diesem Tag an ging mit Mathilde eine Veränderung vor. Den Mitarbeitern fiel dies auf. Sie war wacher, beobachtete ihre Umgebung und ihr Allgemeinzustand machte einen gestärkten Eindruck. Die Pflegedienstleitung ordnete an, dass man Mathilde im Rollstuhl mobilisieren sollte, damit sie außerhalb ihres einsamen Einzelzimmers Anteil am Gemeinschaftsleben nehmen konnte. Langsam und schonend wurde die Zeit, die sie sitzend im Rollstuhl verbrachte, im Tagesverlauf ausgedehnt.

Schwester Rabiata führte diese Anweisungen natürlich widerwillig und mürrisch aus. Sie würzte ihre Versorgung und die Mobilisation in den Rollstuhl mit zahlreichen Unnettigkeiten und unflätigen Äußerungen gegen Mathilde, oder Thilde, wie sie Mathilde weiterhin respektlos nannte. Leider war die *liebe* Rabiata eine ganz hervorragende Schauspielerin. Kaum öffnete sie die Zimmertür, um Mathilde im Rollstuhl herauszufahren, setzte sie eine fröhliche Miene auf und nannte Mathilde sogar bei ihrem Nachnamen.

Die Wut von Mathilde wuchs von Tag zu Tag. Wut ist ein starkes Gefühl. Hass ist noch stärker.

Liebe und Hass, zwei Gefühle, die ein unschlagbares Team bilden, wenn man ein Ziel erreichen will.

„Und ganz doll mich", diese Liedzeile war zu Mathildes Leitmotiv geworden und wie ein Mantra sagte sie es mehrmals am Tag vor sich hin. Lautlos, wenn sie vom lebenden Albtraum versorgt wurde, leise und auch mal lauter, wenn sie sich unbeobachtet fühlte oder wenn sie alleine in ihrem Zimmer war.

***

Das Ende kam „für alle plötzlich und völlig unerwartet". So jedenfalls hatte sich der Heimleiter in einer Rede ausgedrückt, die er vor versammelter Bewohner- und Mitarbeiterschaft hielt. „Für alle plötzlich und völlig unerwartet" war Schwester Hertha gestorben. Ach, so hieß sie also richtig.

„Für alle plötzlich und völlig unerwartet", das stimmte nicht ganz. Korrekt musste es heißen „für *fast* alle plötzlich und völlig unerwartet", denn für sie, Mathilde, war der Tod von Schwester Hertha nicht plötzlich eingetreten und auch nicht unerwartet. Sie hatte vielmehr mehrere Wochen sehnsüchtig darauf gehofft.

Als der Heimleiter Lobeshymnen über die Schaffenskraft der verstorbenen Mitarbeiterin verlauten ließ, konnte Mathilde kaum noch ein Lachen zurückhalten. Sie versuchte, den Lachzwang zu unterdrücken, es gelang ihr sogar beinahe. Ihr kamen Tränen vor unterdrücktem Lachen. Sie stieß glucksende Laute aus und hielt sich eine Hand vor den Mund. Betroffen schauten Mitbewohner und Mitarbeiter zu ihr hin. Ellen nahm sie tröstend in den Arm. »Alles wird gut!«, sagte sie. »Ich weiß, dass Sie sich beide sehr gemocht haben. Schwester Hertha hat Sie immer so gerne versorgt.«

Mathildes Glucksen verstärkte sich, sie bekam kaum noch Luft. Sie war heilfroh, als das Trauerzeremoniell beendet war und sie unter mitleidigen Blicken auf ihr Zimmer gefahren wurde, damit sie sich ausruhen konnte.

Im Zimmer schaute Mathilde auf die angebrochene Schachtel Mozartkugeln, Mozartkugeln mit Spezialfüllung. Wer hätte gedacht, dass eine Porzellanhand dazu fähig war, vom unbeaufsichtigten Medizinwagen einen Insulinpen zu entwenden, der dann in Mathildes Zimmer, verborgen im Trockenblumenstrauß, sein weiteres Dasein fristete, um fast täglich, passend zum Dienstplan von Schwester Rabiata, Pardon, Schwester Hertha, zum Einsatz zu kommen. Nur dass die kleine Nadel des Pens nicht in einen menschlichen Körper stach, sondern in die köstlichen, weichen Mozartkugeln, um die wirksame Medizin Tag für Tag höher dosiert abzugeben.

Leider geschah tagelang, wochenlang nichts. Das oral verabreichte Insulin zeigte keinerlei Wirkung. Manchmal war Mathilde versucht, der verhassten Pflegerin einfach den Insulinpen in den Arm zu rammen und eine hohe Dosis in den Leib zu drücken, manchmal überlegte sie, ob sie ihr die massive Messingvase mit dem Trockenblumenstrauß über den Schädel ziehen sollte. Aber davon nahm Mathilde Abstand. Ein Dasein bis zu ihrem Lebensende im Gefängnis oder, was wahrscheinlicher war, in der Psychiatrie, das erschien Mathilde noch kälter.

Deswegen experimentierte Mathilde geduldig mit der Medikamentenauswahl, die ein Pflegeheim so bot. Es gab unter anderem Blutverdünner, Blutdrucksenker, potente Schmerzpräparate, Schlafmittel, und diverse Psychopharmaka. Selbst der erfahrenste Apotheker hätte bei den zufälligen Mischungen, die Mathilde kreierte keine abschließende Auflistung möglicher Gegenanzeigen und Nebenwirkungen erstellen können. Mit einer Haarnadel grub sie feine Löcher in die Pralinen und der Trockenblumenstrauß nebst Vase diente vortrefflich zum Zerkleinern ihrer Tablettenbeute.

»Und ganz doll mich«, trällerte Mathilde zufrieden vor sich hin, als ein Sonnenstrahl mitten in ihr Zimmer im *Haus Abendsonne* traf und es merklich erwärmte.

FLUCHTPUNKTE

von Gisela Atteln

Zeitungsmeldung vom 10. Januar
Gestern Nacht, gegen 4.30 Uhr, machte die Zeitungszustellerin Hermine T. eine grausige Entdeckung. In Höhe des Anwesens Bahnhofstraße 30 stolperte sie beinahe über die Leiche eines Mannes, der dort vor dem Hoftor lag. Es handelt sich dabei, laut Mitteilung der Polizei, um den 48-jährigen Klaus Punt, der in offenbar volltrunkenem Zustand auf dem Heimweg zu seiner Behausung zusammengebrochen war und, den bisherigen Ermittlungen zufolge, ohne Fremdeinwirkung an Unterkühlung starb.

F
Ich liege da und starre in die Nacht. So klar der Himmel. So viele Leuchtpunkte am Firmament. Weißt du, wie viel Sternlein ... Verdammt! Fang nicht an zu weinen! Sei ruhig. Es ist alles vorbei. Der kalte Windhauch verweht. Der Frost weicht. Mir ist warm und wohl. Endlich steht alles still.

Aus dem Polizeibericht
... hat die polizeiärztliche Untersuchung zweifelsfrei festgestellt, dass der Tote schon mindestens drei Stunden auf dem Gehweg vor dem Hoftor des Anwesens Bahnhofstraße 30 lag, ehe er gefunden wurde. Die Leichenstarre hatte bereits eingesetzt. Der Tote lag auf dem Rücken, die Augen weit offen. Sein Gesichtsausdruck war friedlich ...

L
Den Geschmack von Rotwein und Schnaps auf dem Gaumen. Die Süße des Lebens noch einmal gekostet. Schal gegen Ende. Sinnlos. Vertan. Taumel. Geronnener Ekel.

Am Stammtisch
Ein guter Mensch eigentlich, der Klaus. Wurde nie laut oder unflätig. Natürlich saß er nicht mehr bei uns am Tisch wie früher. Schluckspechte können wir nicht brauchen. Er setzte sich zu denen aus dem Wohnheim

am Nebentisch, trank seinen Rotwein, kippte seine Klaren und hörte nur zu. Dem merkte man den Alkoholkonsum nicht an. Wenn er seinen Pegel erreicht hatte, verzog er sich so unauffällig, wie er gekommen war.

U

Ich werde dich verlassen, hat sie gesagt. Ich nehme die Kinder mit, hat sie gesagt. O mein Gott! Was habe ich falsch gemacht? Ein hartes Wort manchmal. Spät abends nach Hause gekommen. Müde. Viel Ärger abgeladen. Sie war noch so jung. Wollte ausgehen. Das Leben genießen, hat sie gesagt. Streit um Nebensächlichkeiten. Gefangen im Geflecht von Schulden. Die Flucht in die Kneipe.

Die Ehefrau

Am Anfang war ich sehr verliebt in Klaus. Vor der Ehe gingen wir oft zum Tanzen oder ins Kino. Ich glaubte wirklich, er würde mich auch hinterher auf Händen tragen. Wir wohnten in einer winzigen Sozialwohnung in einem von diesen scheußlichen Wohnblöcken und träumten vom eigenen Haus. Die Kinder kamen und es wurde unerträglich eng. Da haben wir dann das Haus gebaut. Aber plötzlich war Klaus wie umgewandelt. Er hat nur noch geschuftet und geschuftet und ich saß zu Hause. Kein Tanzen mehr, kein Kino. Keine Einladungen mehr von der Clique. Nur noch Kinder, Wäsche waschen und kochen, das Haus sauber halten, im Garten arbeiten. Ich hab gedacht, mir fällt die Decke auf den Kopf. Dann ging's mit den Streitereien los. Klaus war immer müde, verkroch sich in seinem Sessel oder sah stundenlang fern. Eines Tages hab ich das Zuhause hocken einfach nicht mehr ausgehalten. Da bin ich zweimal die Woche wieder mit der Clique losgezogen. Da war so ein Typ, mit dem hab ich mich gleich gut verstanden. Dem war auch egal, dass ich zwei Kinder habe. So ist das eben gekommen.

C

Sich wohlig in den Sessel kuscheln. Vor dem Fernseher einschlafen. Die Beine ausgestreckt. Ein Glas Bier in der Hand. Das Abendessen brutzelt in der Pfanne. Die Kinder, kleine schlafende Engel. Häusliches Glück? Von wegen! Stattdessen: Schuften, schaffe, schaffe, Häusle baue. Nicht die beste Wohngegend. Kuttenpfuhl 45. Aber immerhin die eigene Hütte. Die Kehrseite der Medaille: kein Urlaub in all den Jahren. Sie wollte so gern mal nach Spanien. Wir kamen einfach auf keinen grünen Zweig. Schulden. Kollaps. Aus der Traum. Keine Höhle mehr, in die ich mich verkriechen konnte, wenn's mir dreckig ging.

Die Nachbarn
Marmortreppen, Parkettböden, Teppiche – alles vom Feinsten. Er war geschickt, der Klaus. Eigenhändig hat er die Mauern von seinem Haus hochgezogen, den Innenausbau gemacht. Zwei Jahre lang hat er fast täglich auf der Baustelle gearbeitet, wenn er nicht gerade mit dem Laster unterwegs war. Sie? Hat die Nase hochgetragen. Wir waren ihr wohl nicht fein genug. Wir haben ihr nicht nachgetrauert, als sie mit den Kindern abgehauen ist. Aber um Klaus ist es schade. Der war viel zu gutmütig. Alles ist ihm unterm Hintern weggepfändet worden. Erst als sie ihn auf die Straße setzten, haben wir erfahren, wie viele Schulden er hat.

H
Plötzlich hängst du in der Luft. Dein ganzes bisheriges Leben ist auf dem Prüfstand. Die bescheuerte Plage, tagaus tagein, nur um die nötige Knete beizuschaffen. Statussymbole. Ansehen. Funktionieren. Wie ein Hamster im Käfig immer im Kreis laufen? Und dann – patsch – ist's vorbei. Ein schönes Begräbnis. Nachrufe. Soll das wirklich alles gewesen sein? Du sitzt in der Ecke und grübelst ...

Die Witwe des Arbeitgebers
Klaus war ein zuverlässiger Fahrer, immer da, wenn man ihn brauchte. Er gehörte fast zur Familie. Der erste schwere Schlag für ihn war, als mein Mann vor zehn Jahren bei einem Unfall ums Leben kam. Die Scheidung aber hat ihm das Genick gebrochen. Von da an ging's bergab mit Klaus. Er fing an zu trinken. Irgendwann haben sie ihn dann erwischt, als er am Steuer seines Autos eingeschlafen war. Ins Röhrchen geblasen. Der Führerschein futsch. Es tat mir sehr leid, dass ich ihn entlassen musste. Was sollte ich machen? Ich hatte genug Sorgen, den Speditionsbetrieb aufrechtzuerhalten.

T
Ganz unten angelangt. Mit den Pennern und Ausgeflippten auf einer Stufe. Ich bin fertig. Man hat mich ausgemustert. Auf der Straße zeigen

sie mit Fingern auf mich. Oder sie wenden sich ab, sogenannte gute Freunde. Ich bin ein ortsbekannter Schandfleck. Wo sind sie gewesen? All die Wohlanständigen, als ich ihre Hilfe so dringend brauchte! Sollen sie sich doch verscheißern mit ihrem ewigen Hetzen und Rennen nach immer mehr und mehr. Zum Totlachen!

Ein Mitbewohner im Obdachlosenasyl
Klaus wohnte im Zimmer neben mir. Zu Anfang wollte er nichts mit uns zu tun haben, so geschämt hat er sich. Er hat seinen Kummer in sich hineingesoffen. Wie wir alle. Nach einer Weile haben wir uns bestens vertragen. Morgens um sechs sind wir los – in der Bude konntest du es sowieso nicht länger aushalten. Erst zum Stammkiosk am Bahnhof, dann in die Innenstadt. Abends in der Kneipe haben wir uns unseren Mitternachtsschluck hinter die Binde gekippt. In der bewussten Nacht war er nicht mehr hochzukriegen. Wir sind dann ohne ihn gegangen. Ich hab gehört, dass der Wirt ihn gegen ein Uhr rausgeschmissen hat. Was soll's? Irgendwie enden wir alle so. Trotzdem schade um Klaus. War ein prima Kumpel.

P
Das mit den Kindern hat am meisten wehgetan. Wahrscheinlich war ich ja kein sonderlich guter Vater. Sie hat mir nachher verboten, sie zu sehen. Das hätte sie nicht tun dürfen.

Die Kinder
Unseren Vater haben wir oft wochenlang kaum zu Gesicht gekriegt. Wenn er spät nach Hause kam, waren wir schon im Bett, solange wir noch klein waren. Mama hat immer alles alleine entscheiden müssen. Bis auf die Sonntagsausflüge mit dem Auto, die auch immer weniger wurden, weil er ständig müde war, haben wir kaum eine Erinnerung an ihn. Am Anfang haben wir ihn vermisst. Später nicht mehr. Ganz zum Schluss haben wir uns geschämt und weggeschaut, wenn wir ihm auf der Straße begegnet sind. Er ging stocksteif daher, mit glasigem Blick, krampfhaft bemüht, Haltung zu bewahren, während alle hinter ihm tuschelten.

U
Du hängst im Netz. Als Fliege, nicht als Spinne. Du bist eine lebenslängliche Fliege. Ringsum machen sie Jagd auf dich. Irgendwann hörst

du auf zu zappeln. Die Spinnen wickeln dich ein, betäuben dich und saugen dich aus. Du bist als Fliege geboren und stirbst auch als solche.

Der Lehrer
Ich kann mich gut an Klaus erinnern. Ein aufgewecktes Kerlchen. Der familiäre Hintergrund war halt nicht da. Es waren arme Leut'. In einer Kleinstadt mit dörflichem Charakter wie der unsrigen zählt nur der, der was besitzt. Einen Acker wenigstens, den man zu Bauland vergolden kann. Mindestens ein Haus muss jeder im Leben gebaut haben. Klaus hätte das Zeug dazu gehabt, weiterzukommen. Er wollte lernen. Aber mehr als Hauptschule war eben nicht drin. Die Klassenkameraden? Ihn und die Kinder aus seinem Viertel haben die ‚besseren Leut' immer geschnitten.

N
Blutfleck – Flecktupf – Tupfleck – Leckhut – Hutband – Bandwurm – Wurm. Armer Wurm. Bist so stumm. Stumm im Haus. Und du bist aus. Hänschen klein – ging allein – in die weite Welt hinein ... Verdammt! Ich will nicht weinen. Mutter, warum? Hast du gewusst, was du tust, als du mich geboren hast?

Die Mutter
Ich habe sieben Kinder großgezogen. Klaus war der Jüngste. Er lief so nebenher mit, wie das eben ist bei einer großen Familie. Die älteren Geschwister mussten auf ihn aufpassen. Ich hatte einfach nicht die Zeit und die Kraft dazu. Er war immer ein stilles Kind. Wenn er Ärger hatte – in der Schule und anderswo – verkroch er sich ins Eck und sagte stundenlang kein einziges Wort. Alle meine Kinder haben einen Platz im Leben gefunden. Ich weiß auch nicht, warum das mit Klaus schiefging.

K
Klar die Nacht. Die Milchstraße. Weißt du, wie viel Sternlein stehen ... Gott der Herr hat sie gezählet. So viele Leuchtpunkte am Firmament. Und ER soll über alles Bescheid wissen? Da hat ER viel zu tun. Kein Wunder, dass ER mich darüber vergessen hat. Gestern hab ich mich in die Kirche geschlichen und bin mucksmäuschenstill in der letzten Bank gesessen. Da hatte ich noch nicht viel getankt. Ich hab ihn gebeten, nein, gebettelt hab ich, dass ER mir doch einmal im Leben hilft.

Nicht so stumm bleibt wie damals bei der Kommunion, als sie mich auslachten in ihren schicken schwarzen Anzügen wegen meiner Hose und Jacke, die schon alle meine Brüder vor mir getragen hatten. Aber ER hat wie immer nicht geantwortet.

Der Pfarrer
Klaus war kein Kirchgänger. Keiner in der Familie, außer der Mutter. Sie ist eine kleine verhärmte Frau, die ihre liebe Not mit ihrem Mann hatte. Er war ein grobschlächtiger Mensch, zu Gewalttätigkeiten neigend. Seit 14 Jahren ist sie Witwe. Klaus war anders. Still und verträumt. Eine Zeit lang glaubte ich, aus dem wird was. Damals hatte er Frieden geschlossen mit seinem Herrgott. Aber das Milieu war halt stärker.

T
Das Leben ist ein einziger großer Bazillus. Alles kotzt mich an. Ich mich selbst und alle, die mich systematisch kleingekriegt haben. Ich will euer verfluchtes Spiel nicht mehr mitspielen. Ich will nicht mehr die Schießbudenfigur sein, auf die ihr zielen könnt. Mit einem Quäntchen Mitleid. Seht mal, die arme Sau!

Ein Sargträger
Gestern Morgen haben wir Klaus Punt begraben. Mann, war das eine Trauergemeinde! Obwohl die Schaulustigen doch gar nicht auf ihre Kosten kamen. Es war ja nichts Spektakuläres dabei. Der Pfarrer hat nur Gutes über den Toten geredet. Die Hinterbliebenen saßen stumm in der ersten Reihe. Die Orgel hat gespielt. Und hinterher sind sie treu und brav zum Grab marschiert. Wer das wohl alles bezahlt hat? Man munkelt, dass die Witwe von dem Spediteur auf diese Weise ihr Gewissen erleichtert hat.

E
Von einer Dreckskuhle in die andere gestolpert. Mein Leben lang. Hab das alles so satt. Ich will nur noch bei mir sein. Der ganze verdammte Mist muss doch mal ein Ende haben. Was soll ich hier? Die Sterne funkeln ganz nah. So viel Licht in mir. Alles steht still.

Brandenburgische Zugbekanntschaft

von Maryanne Becker

Ich war blond und blauäugig und brachte es gerade mal auf einhundertzweiundfünfzig Zentimeter Länge. Die meisten Leute schätzten mich auf höchstens fünfzehn Jahre. Dabei war ich neunzehneinhalb, Studentin der Sportwissenschaften in Berlin und seit genau achtzehn Tagen Vizeweltmeisterin im Jiu Jitsu. Ich träumte davon, als Kriminalistin Verbrecher zu jagen oder als Schriftstellerin berühmt zu werden, deshalb hielt ich Augen und Ohren offen.

Wie fast jeden Samstag bestieg ich an jenem Tag, als alles begann, den Regionalexpress Richtung Wismar, um das Wochenende bei meinen Eltern in Bad Kleinen zu verbringen.

Kaum hatte ich im ersten Wagen Platz genommen und meine mit Schmutzwäsche gefüllte Reisetasche auf den Nebensitz plumpsen lassen, fiel mein Blick auf mein Gegenüber. Unter dem halb offenen verschossenen, ehemals olivgrünen Parka lugte ein braun-gelbes Strickoberteil mit V-Ausschnitt und Rautenmuster hervor. Ein Pullunder! Vor meinem geistigen Auge erschien ein Foto: Papa, langhaarig und bärtig im ärmellosen Rautenstrick über dem weißen Perlonhemd vor seinem ersten Trabbi. Mein Blick wanderte vom erdfarbig gemusterten Oberkörper hoch, fiel auf ein bleiches Gesicht mit ausdruckslosen wasserblauen Augen und zusammengekniffenen Lippen. Das schulterlange, rotblonde Kraushaar stand wirr vom Kopf ab. Der Typ sieht aus wie ein Pinsel, dachte ich. Eine Erscheinung wie aus der Zeit gefallen. Der Mann, weder alt noch jung, hielt den Kopf zwischen den Schultern eingezogen und sah mich mit durchdringendem Blick an. Den kakifarbenen Rucksack, aus dem ein Futteral herausragte, hielt er fest umklammert auf dem Schoß. Trotz der frühen Stunde war mein Spürsinn aktiviert.

»Guten Morgen, fahren Sie nach Wismar?«

Der Mann räusperte sich. »Nein!«

»Wohin fahren Sie denn?«

»Hat deine Mutter dir nicht beigebracht, dass du keene fremden Männer anquatschen sollst? Sowat kann voll in die Hose gehen.«

Was bildete sich dieser Typ bloß ein? »Ich bin Vize-Weltmeisterin im Jiu Jitsu.« Sollte ich die Ärmel meines Pullovers hochrollen und dem Kerl meine Muskeln unter die Nase halten? Lieber nicht, man kann nie wissen ...

«Und icke bin een Knacki.« Er öffnete die Seitentasche des Rucksacks und wies mit dem Kinn auf den Griff eines Messers.

Ohne mich weiter zu beachten, verschränkte er die Arme vor seinem Rucksack, streckte die Beine aus und ließ den Kopf wieder zwischen die schmalen Schultern sinken. Wie eine Schildkröte! Sein Desinteresse hätte er nicht deutlicher zeigen können. Ich hätte ihn gerne genauer beobachtet, wagte aber lediglich vorsichtige Blicke aus den Augenwinkeln. »Bis denn«, sagte er plötzlich und erhob sich. Vor einem heruntergekommenen, mit Graffiti besprühten Bahnhofsgebäude, dessen ruhmreiche Zeiten offensichtlich weit zurücklagen, stoppte der Zug. Ich hätte gerne gewusst, ob sich der Mann beim Verlassen des Bahnsteigs nach mir umsah.

Am Samstag darauf traf ich den Mann im ersten Waggon wieder. »Hallo, guten Morgen, auch wieder unterwegs? Nach Glöwen?«

»Na Kleene, neugierig biste woll gar nicht? Hatte doch schon gesagt, dass sowat in die Hose gehen kann.«

»Hm, ich glaube nicht, dass Sie mir hier im Regio mit Ihrem Messer die Kehle aufschlitzen. Sie machen einen intelligenten Eindruck.« Ich kreuzte Zeige- und Mittelfinger meiner rechten Hand hinter dem Rücken und hoffte, dass mein Schwindel unentdeckt blieb. Von wegen intelligenter Eindruck – der Kerl war mir suspekt.

Er senkte die Lider, umklammerte seinen Rucksack und schwieg – bis ich meine Leberwurststulle aus meinem Rucksack hervorklaubte. »Kannste mir was von deiner Stulle abgeben?«, flüsterte er.

Keine Spur mehr von Geprotze in seiner Stimme. Er schämte sich.

»Wenn Sie mir Ihr gefährliches Messer geben, schneide ich Ihnen ein Stück davon ab. Einen Teil brauche ich selber, ich habe nicht gefrühstückt.« Heute war ich froh, dass meine Muskeln unter den sackartigen Klamotten verborgen blieben. Das dumme kleine Schwatzmaul, für das er mich hielt, würde ihn mit ein, zwei Schlägen und Tritten außer Gefecht setzen, sollte der Kerl versuchen, zuzustechen.

»Messer, Gabel, Schere Licht sind für kleene Mädchen nicht!«

Er bedeutete mir, das Butterbrot auf das Tischlein am Fenster zu legen und teilte es in zwei Hälften. Mit einem Papiertaschentuch säuberte er sein Messer, steckte es wieder in die Hülle, und biss anschließend genussvoll in meine Stulle. Offensichtlich war er sehr hungrig, und er tat mir ein bisschen leid. In Glöwen stieg er auch diesmal aus.

Das gemeinsame Stück des Weges mit dem einsilbigen Pinsel, wie ich ihn heimlich nannte, und die Leberwurststulle waren inzwischen zum festen Ritual geworden. Meine Fragen, was ihn nach Glöwen führe, wo er wohne und wie er heiße, blieben unbeantwortet. Woche für Woche, jeden Samstag dasselbe Spiel. Je unnahbarer er sich verhielt, umso brennender wurde meine Neugierde. Ich musste herausfinden, was er in Glöwen trieb und fasste einen Plan.

Diesmal stieg ich, anders als bisher, in den letzten Wagen. Ich beobachtete, wie Pinsel in Glöwen den Bahnsteig betrat. Auch ich verließ den Zug und folgte ihm. Zügig und ohne sich umzusehen, ging er um das Bahnhofsgebäude herum, überquerte die Straße und bog plötzlich scharf links in einen Waldweg.

Trotz meiner Angst, entdeckt zu werden, blieb ich ihm so dicht wie möglich auf den Fersen, verließ den Pfad und bewegte mich vorsichtig am Waldsaum von Baumstamm zu Baumstamm vorwärts.

Der aufgeschreckte Ruf eines Eichelhähers ließ mich innehalten. Reglos verharrte ich hinter dem dicken Stamm einer Eiche, kniff die Augen zusammen und spitzte die Ohren, um die Richtung zu erkennen, aus der ein Specht aufgeregt gegen einen hohlen Stamm klopfte. Mein Herz schlug bis zum Hals. Pinsel war nirgends zu sehen. Ich hatte gerade beschlossen, dieses irrsinnige Unterfangen abzubrechen und umzukehren, als mich eine bekannte Stimme erreichte:

»Na komm schon her, Kleene. Allein schaffstes doch nicht, an mir dranzubleiben.«

Erschrocken folgte ich der Aufforderung und fand Pinsel am bemoosten Boden hockend, den offenen Rucksack an eine Fichte gelehnt. Er saß keine dreißig Meter von meinem Beobachtungsposten entfernt und musste mich die ganze Zeit im Blick gehabt haben. Ich erschauderte.

»Setz dich mal dahin«, befahl er mir und zeigte auf einen Baumstumpf. Ich wagte nicht, zu widersprechen.

Der Mann schob seinen Klappspaten vorsichtig unter eine Moosplatte, die sich zu meinem Erstaunen so leicht anheben ließ, als hätte sie den Waldboden nur locker bedeckt. Er legte das Moos vorsichtig beiseite, holte das Messer aus dem Rucksack und deponierte es in Griffweite. Nachdem er mir einen kurzen Blick zugeworfen und mir mit dem Zeigefinger auf den Lippen bedeutet hatte, zu schweigen, begann er zu graben. Fest und zielgerichtet stach er den Spaten in die feuchte, weiche Erde.

Schließlich griff er mit beiden Händen in den etwa fünfzig Zentimeter tiefen Aushub und zog eine rostige Dose hervor. Ich zitterte am ganzen Leib, starrte auf die Dose und beobachtete aus den Augenwinkeln, wie Pinsel nach dem Messer tastete. Mir fiel die Geschichte des Massenmörders ein, der Frauen umbrachte, ihnen das Herz aus dem Körper schnitt und es vergrub. Mein Drang aufs Klo war ein untrügliches Indiz dafür, dass ich verdammten Schiss hatte. Ich verfluchte meine Neugier. Um mein Leben zu retten, musste ich ihn zum Reden bringen, ein Vertrauensverhältnis aufbauen.

»Kommen Sie jeden Samstag her, um nach Ihrem Schatz zu sehen?« Ich versuchte, meine Stimme warm und bewundernd klingen zu lassen und bezweifelte gleichzeitig, dass mein Gegenüber mir überhaupt zuhörte. »Kannste nicht einmal deine verdammte Klappe halten?«

Ohne mich anzusehen, schob er die Messerspitze unter den rostigen Deckel, bis er unter Knirschen und Krächzen aufsprang. Mit einer Kopfbewegung winkte er mich zu sich heran und kippte den Inhalt vor meine Füße.

»Zwanzigtausend Mark! Zweihundert Hunnis! Passen überall rein.« Ich biss mir auf die Lippen, sah verstohlen auf das Geld und deutete ein Schulterzucken an. »Zwanzigtausend! Mark der DDR! Damit kannste dir nicht mal den Arsch abwischen!«

Völlig konsterniert fiel mir nichts anderes ein, als zu fragen: »Wieso?«

»Weil die Scheine entweder auseinanderfallen und kleben bleiben, oder dir mit den Kanten die Arschbacken aufreißen.«

Beschämt senkte ich den Kopf und beschloss, den Mund zu halten.

Pinsel räusperte sich, zupfte den Parka zurecht und lehnte sich entspannt an die Fichte.

»Es war 1988, da war ick noch 'n ganz junger Spund und hab von einer Musikkarriere geträumt. Ganz groß rauskommen wollten wir mit unserer Band. Wir brauchten zwei richtig gute Gitarren, zwei Fender Strato mussten es sein. Genau! Eine für Peter, meinen Kumpel, eine für mich. Ein Westimport!

Wir standen mal in der Sparkasse Schlange, wollten unsern Lohn abheben. Da haben wir aus Quatsch überlegt, wie viel Geld so am Monatsende in der Kasse sein könnte für die Auszahlung der Löhne. Mindestens achtzig, wenn nicht hundert Arbeiter schätzten wir, ließen sich hier ihren Lohn auszahlen. Peter hatte die Idee. ‚Mensch, das wäre genug Knete für unsere Fender. Nächsten Monat sind wir als erste da und denn ziehen wir dem Kassenheini das Geld aus den Rippen.'

‚Im Ernst?', hab ich gefragt. ‚Sowat gibt's doch nur im Film – und im Westen.'

Peter hat bloß gegrinst und genickt. Dann hat er weiter gesponnen. ‚Ist ganz einfach, eben weil bei uns keiner damit rechnet. Wir brauchen eine Waffe, die klaue ich meinem Vater, der hat eine, ist ja 'n hohes Tier bei der Stasi.'

Mit 'm Strumpf als Maske sind wir früh am Morgen rein in die Sparkasse. Mein Kumpel ist gleich zum Schalter, hat mit der Knarre gewedelt, dem Kassenheini einen Beutel hingehalten und wollte zwanzigtausend Mark. Der Mann hat's nicht gleich gemacht, hat einen Moment so geguckt, als ob er uns erkennt. Dann hat er genickt und die Kohle in den Beutel getan.

Ick stand am Ausgang wie abgemacht, griff mir den Beutel und haute auf meiner Schwalbe ab zu unserem Treffpunkt am See. Aber Peter kam nicht, da musste was schiefgelaufen sein. Da hab ick die Schwalbe im See versenkt und bin am Bahnhof in den Zug, der da gerade stand. Nischt wie weg!

Keine Ahnung, warum ick ausgerechnet in Glöwen raus und hier rein in den Wald bin. Ick wollte die Beute einfach ganz schnell verstecken. Wie ick am nächsten Tag nach Hause kam, war die Polizei schon da. Es kam raus, dass mein Kumpel gesagt hatte, ick hätte den Angestellten erschossen – dabei wusste ich nicht mal, dass das passiert war. ‚Und deinen Plan zur Republikflucht kannste nun auch begraben', sagten die Vopos. Das muss mein Kumpel einfach erfunden haben. Die haben mich gleich mitgenommen und das Gericht hat mir denn glatt fuffzehn Jahre in Bautzen aufgebrummt! Für Mord!

Fuffzehn Jahre für nischt und wieder nischt! War alles erstunken und erlogen. Und sowat nennt sich Freund! Den hatte wohl sein Alter rausgehauen.

Denn kam die Wende, die Mauer war weg; die Politischen durften raus, aber ick war ja auch n' Mörder und musste meine volle Zeit absitzen. Wo das Geld war, wusste nur icke, und ick hatte die ganze Zeit auf meine Fender Strato gehofft.«

Pinsel fuhr mit allen zehn Fingern in den Geldhaufen, ließ die einzelnen Scheine durch die Luft rieseln, schürzte die Lippen und murmelte: »Allet für'n Arsch, und nich mal mehr det.«

Mit hängenden Armen stand ich vor ihm und spürte, wie meine Füße im feuchten, modrigen Laub einsanken. Ich unterdrückte den Drang, mich zu ihm zu bücken und ihm über die blasse Wange zu streicheln. »Nu weeßte Bescheid, Kleene. Aber nun muss endlich mal Schluss sein.«

Unschlüssig trat ich mit einem Fuß auf den anderen und sah Pinsel fragend an.

»Hau ab! Verschwinde!«

Ich nickte, drehte mich um und ging.

Kaum hatte ich die Landstraße erreicht, hallte ein Schuss durch die verschlafene Prignitz.

Schneetreiben

von Ursula Dittmer

28.12.1978

Der Regen ging in Schnee über. Dicke Flocken schwebten vom Himmel und überzogen im Nu den Asphalt mit einer weißen Decke. *Auch das noch,* dachte Rike. *Jetzt wäre ich gern schon auf der Autobahn!* Aber sie hatten länger als sonst gebraucht, bis Kinder, Weihnachtsgeschenke und Josch im Auto verstaut waren.

Andreas hielt ihr die Tür auf und sie stieg in den Kombi. »Tschüss, ihr Racker!«, rief er Richtung Rücksitz. »Bis in zwei Wochen.« Zu seiner Exfrau gewandt murmelte er: »Fahr vorsichtig und ruf an, sobald ihr angekommen seid.« Schwungvoll warf er die Fahrertür zu und klopfte ein paarmal aufs Autodach. Er fror in der feuchten Kälte, doch er winkte den Kindern nach, bis der rote Passat um die Straßenecke gebogen war.

»Sind sie schon weg?« Elke lehnte sich aus dem Küchenfenster.

»Ja, warum?«

»Im Radio haben sie vor Unwettern gewarnt. Von Norden her kommt es richtig dicke!«

Andreas grinste. »Rike ist eine gute Autofahrerin. Da mache ich mir keine Sorgen.«

Das Schneetreiben wurde dichter. Die Scheibenwischer schafften auch auf höchster Stufe keine bessere Sicht. Allmählich gefror die sulzige Masse auf der Fahrbahn, und auf Bäumen und Äckern wuchs die Schneeschicht zusehends. Dort lag noch verharschter Schnee von letzter Woche. Nach mehreren vorsichtigen Bremsproben stieg Rikes Fahrsicherheit. Hier auf der schmalen Landstraße musste sie auf vereiste Kurven und Gegenverkehr achten. Sie würde langsam fahren und nichts riskieren. Später, auf der Autobahn kämen sie dann zügiger voran.

***

Die Feiertage bei ihrem Vater und dessen Lebensgefährtin waren für Elias, Kathi und Max sehr ereignisreich gewesen. Der Weihnachtsbaum, das Christkind, die Geschenke, der Schnee ... Auf dem Rücksitz herrschte beste Stimmung. Die drei lachten und fielen einander ins Wort, um kein Detail ihrer Erlebnisse auszulassen. Rike hatte gearbeitet und Heiligabend mit den Patienten verbracht. Seit zwölf Jahren das erste Fest ohne Kinder! Sie genoss deren munteres Geplapper und freute sich auf ein paar freie Tage mit ihnen. Andreas Krämer sah seine Kinder alle zwei Wochen. Das war beiden Elternteilen wichtig, auch wenn es mit Aufwand verbunden war. Am Freitag nahm Andreas die drei mit und Sonntag fuhr Rike die weite Strecke, um sie wieder nach Hause zu holen. Diesmal hatte Josch, der Bernhardiner, sie begleitet. Der alte Familienhund lag hinten in der Hundebox. Sein lautes Schnarchen durchdrang sogar den Kinderlärm.

Es wurde früh dunkel. Noch zwanzig Kilometer bis zur Autobahn. Rike ärgerte sich. Vielleicht wäre sie besser über die Bundesstraße gefahren, statt wie üblich abzukürzen. Dort waren sicher Räumdienste im Einsatz. Umkehren? Sie verwarf den Gedanken. Soweit sie wusste, gab es in keinem der umliegenden Dörfer eine Übernachtungsmöglichkeit. Zwanzig Kilometer waren nicht die Welt. Alles gut.

Auf dem Rücksitz wurde es allmählich ruhig. Die Kleinen schliefen unter der Kuscheldecke, mit der Elias sie fürsorglich zugedeckt hatte. Rike sah sein Gesicht schemenhaft im Rückspiegel. Mit aufgerissenen Augen und zusammengekniffenem Mund starrte er geradeaus. Der Zwölfjährige sorgte sich, das sah sie ihm an. »Der erste Schnee seit Jahren!«, sagte sie. »Freust du dich aufs Schlittenfahren?«

»Zu viel Schnee zum Schlittenfahren«, brummte er. »Skifahren könnte gehen«, lenkte er nach einer Weile ein. »Aber wahrscheinlich passen mir die Skistiefel nicht mehr.«

»Dann kaufen wir dir neue«, versprach Rike.

»Nee, lass mal, so oft schneit's ja bei uns nicht.«

Unvermittelt wurde das Auto von einer Schneeverwehung verschluckt. Rike gab instinktiv Gas und der Wagen schoss vorwärts. Zum Glück war die Straße leicht abschüssig und führte geradeaus. Sie hielt das Lenkrad eisern fest, bis der Passat sich aus der Schneewehe befreit hatte und die Scheibenwischer ein Sichtfenster freibekommen hatten. Ihr Herz raste. Erst jetzt fiel ihr auf, dass der Wind Schneeschleier aus Richtung Osten fast waagrecht über die Fahrbahn peitschte. Aus dichtem Schneefall hatte sich ein Schneesturm entwickelt. Ihre Fahrt wurde zum Risiko. Aber gab es Alternativen? Wenden und damit ein zweites Mal die Schneeverwehung durchpflügen? Das war gefährlicher als vorsichtig weiterzufahren. Die Kinder … Sie unterdrückte die aufkeimende Panik. *Durchhalten und die richtigen Entscheidungen treffen,* mahnte sie sich zur Ruhe. *Das ist das Wichtigste. Was muss ich tun, wenn der Passat im Straßengraben landet?*

***

Das dumpfe Geräusch, der Moment, in dem der Schnee aufwirbelte und sich über das Auto ergoss, hatte Elias einen Schock versetzt. Aber er beruhigte sich, weil der Wagen im Schritttempo weiterfuhr und er wieder hinaussehen konnte. Mutter hatte alles im Griff. Doch vier Augen sahen mehr als zwei. Er konzentrierte sich noch intensiver auf die Straße. Elias schaute nach den Kleinen. Er war froh, dass sie schliefen.

Nie zuvor hatte er so viel Schnee gesehen. Die verschneite Landschaft erinnerte ihn an seinen Adventskalender. Selbst Grashalme trugen dort Schneekäppchen. In Andreas' Garten hatten sie einen Schneemann gebaut. Mit Kohlenaugen, Mohrrübennase und Küchensiebhut. Sogar Joschi hatte die weiße Pracht genossen. Ausgelassen war er um sie herum getobt und Schneebällen hinterhergejagt.

Der Zwölfjährige freute sich auf zu Hause. Bei Papa war es schön, aber er vermisste die Nachbarskinder. Endlich gab es mal genug Schnee, um zusammen ein Iglu zu bauen.

Die langsame Fahrt und das monotone Brummen des Motors machten ihn träge. Er verfiel in einen unruhigen Halbschlaf. Er schreckte hoch, als der Motor aufjaulte. Die Räder drehten durch! Das Auto steckte fest. Seine Mutter versuchte, den Wagen durch abwechselndes Gasgeben und Auskuppeln aus der Schneewehe heraus zu schaukeln. Am Ende gab sie auf und schaltete die Zündung aus. Ihre Blicke trafen sich im Rückspiegel.

»Tja«, meinte sie, »der hat sich festgefressen! Mit jedem weiteren Versuch setze ich ihn tiefer in den Schnee. Und für den Trick mit der untergelegten Fußmatte bräuchte ich einen zweiten Erwachsenen.« Seufzend drückte sie den Knopf für die Warnblinkanlage. »Nun müssen wir warten, bis Hilfe kommt. Die Räumfahrzeuge sind sicher schon unterwegs.«

»Ich habe in der letzten halben Stunde kein einziges Auto gesehen«, warf der Junge ein. »Auf dieser Strecke fährt niemand außer uns.« »Ja, stimmt! Die sitzen alle gemütlich zu Hause vor dem Fernseher. Aber die Räumdienste fahren die ganze Nacht.«

Jetzt, da der Motor aus war, wurde es schnell empfindlich kalt. Der Junge hob die Decke an und wickelte sie um seine Beine. Max und Kathi verströmten eine angenehme Wärme. Wind heulte um den Wagen und besonders heftige Böen rüttelten daran. Elias wischte mit dem Ärmel die beschlagene Seitenscheibe sauber und spähte hinaus. Der Schnee leuchtete. Er erkannte einen Abhang, darüber eine Ackerfläche mit einer Baumgruppe. »Joschi fiept. Ich glaube, er muss mal.«

»Ok. Ich lasse ihn raus.«

Nachdem sie die Fahrertür mühsam aufgedrückt hatte, stakste seine Mutter in ihren leichten Schuhen um das Auto herum. Der Schnee ging ihr bis zur Wade. Sie holte ihren Mantel aus dem Kofferraum und schlüpfte hinein. Fröstelnd hob sie die Schultern. »Der Wind ist eisig.« Kaum dass die Hundebox offen war, sprang der Bernhardiner hinaus. In langen Sätzen schoss er über die Straße und den Abhang hinauf. Elias bekam plötzlich Angst, er könne nicht wiederkommen, doch nach wenigen Minuten kehrte der Rüde zurück und schüttelte sich den Schnee aus dem Fell.

Rike zog die hintere Tür auf, schob den Hund in den Fußraum und quetschte sich neben Elias auf die Rückbank. Kathi wachte auf. »Sind wir zu Hause?«, fragte sie.

»Nein, Liebes. Das dauert noch ein Weilchen. Erst mal stecken wir fest, aber der Schneeräumer kommt bald und hilft uns.« Elias strich seiner Schwester über den Kopf. »Schlaf weiter, ich wecke dich, wenn es was zu gucken gibt, ok?« Sie nickte zufrieden und kuschelte sich wieder unter die Decke. »Pass auf, Großer«, flüsterte Rike. »Wir klappen jetzt die Rückenlehne um, damit ihr euch ausstrecken könnt. Josch wird euch zusätzlich wärmen.«

»Und was ist mit dir?«

»Ich habe beschlossen, die paar Kilometer zum letzten Ort zurückzugehen. Je eher wir Unterstützung bekommen, desto besser. Es ist noch nicht spät. Ich finde sicher einen Bauern, der uns mit dem Traktor rauszieht.«

»Mama! Du hast nicht mal vernünftige Schuhe an!« Rike drückte ihn. »Das lässt sich ändern. Mach dir keine Sorgen.«

»Wir kommen mit!«, protestierte Elias. »Du darfst uns nicht alleine lassen!«

»Ich habe alles gut durchdacht, Junge. Ich muss euch allein lassen, damit ich Hilfe holen kann. Der Sturm ist heftig, es ist eisig kalt – die Kleinen würden den Weg nicht schaffen.«

»Wir nehmen sie auf den Arm!«

»Katharina wiegt über zwanzig Kilo. Ich kann sie nicht so weit durch den Schnee tragen. Und du hättest auch ohne Max genug mit dir selbst zu tun. Im Auto seid ihr sicherer als auf der Straße, glaub mir. Im Korb sind Kekse und Obst, in der Thermoskanne ist heißer Kakao. Hier ist mein roter Schal und im Handschuhfach ist eine Taschenlampe. Wenn du hörst, dass das Räumfahrzeug kommt, dann blinke mit der Lampe und wedle mit dem Schal, damit man euch sieht.«

»Mama!« Elias kamen die Tränen. Sie drückte seine Hand, doch sie mied seinen Blick.

»Komm, hilf mir mit der Lehne. Je länger ich warte, desto tiefer wird der Schnee.« Im Sommer hatten sie ruckzuck aus der Rückbank eine Liegefläche geschaffen. Hier im Dunklen und in der Enge zwischen Kindern, Hund, Gepäck und Hundebox wollte es einfach nicht gelingen. Die Kleinen waren wach. Sie kletterten begeistert nach hinten, damit Elias und Rike besser hantieren konnten. Als die Rücklehne zur Hälfte umgeklappt war, kamen sie wieder vor und gruppierten sich um den Bernhardiner. Elias breitete die Decke über ihnen aus. Endlich war Mutter zufrieden. Sie streichelte und küsste jedes Kind und zog Elias an sich.

»Ich hab dich lieb, mein Schatz. Alles wird gut. Bald sind wir daheim und nehmen ein heißes Bad. Guck auf die Uhr. Ich werde mindestens eine Stunde fort sein, eher zwei, mach dir also keine Sorgen. Ich komme mit Hilfe zurück.«

Ihre Stimme klang seltsam. Ihm war das Herz schwer. Sie drückte die Tür auf und schlüpfte hinaus.

Der Kofferraum öffnete sich. Eiskalte Luft wehte einen Schwall Schneeflocken herein. Elias drehte sich um. Er beobachtete, wie Rike ihre alten Wanderstiefel aus einer Plastiktüte kramte und sie anzog. Ihr Gesicht leuchtete kurz auf im spärlichen Licht des Kofferraumlämpchens. Sie lächelte ihn an und ihre Finger formten das Peacezeichen. Dann zog sie die Klappe zu.

»Tschüss, Mama«, murmelte er traurig. Die Scheiben waren dick verschneit. Er sah seine Mutter nicht gehen.

28.12.2008

»Hier stand unser Auto. Dort drüben auf dem Feld ist der Hubschrauber gelandet, der Kathi, Max und mich gerettet hat.« »Und Joschi!«, ergänzte Uli. Sie kannte die Geschichte in- und auswendig.

»Und Joschi«, bestätigte Elias und nahm seine Tochter auf den Arm. Elias' Frau Elisabeth legte einen Strauß weißer Rosen an das Wegkreuz, das an den Tod von Ulrike Krämer erinnerte. Dann erklomm die Familie die Böschung und überquerte das Feld bis zu einer Kuhle. Hier hatte der Bauer Rike gefunden. Sie lag in einem Meer gelber Schlüsselblumen. Das war im Mai 1979, nachdem der letzte Schnee geschmolzen war.

Zum Hintergrund

Am Abend des 28. Dezembers 1978 begann in Norddeutschland eine Schneekatastrophe bisher ungeahnten Ausmaßes. Aus dichtem Schneefall hatte sich bald ein Schneesturm entwickelt. Schon nach wenigen Stunden gab es Schneeverwehungen, liegengebliebene Fahrzeuge, Stromausfälle. Die Behörden lösten Katastrophenalarm aus, sperrten Straßen und verhängten Fahrverbote. Die Bevölkerung wurde aufgefordert, in den Häusern zu bleiben und möglichst nicht zu telefonieren, weil die Batterien der Verteiler nicht mehr aufgeladen werden konnten. Bis zu 30.000 Helfer waren im Einsatz, darunter auch Tausende Soldaten mit Panzern. Mitte März 1979 und sogar Anfang Mai meldete sich der Winter mit Schneefällen zurück. Durch den Schneesturm kamen in Schleswig-Holstein mehrere Menschen ums Leben.

Ein Glas Chardonnay mit Paul

von Sandra-Maria Erdmann

Maria wartete auf den Intercity 670, der sie vom Magdeburger Hauptbahnhof zu Paul nach Köln bringen sollte. Einige verspätete Nachtschwärmer hockten zusammengesunken am Bahnsteig. Ein Geschäftsmann stand abseits auf der Raucherinsel und inhalierte eine Zigarette, während er lautstark telefonierte. Eine blutjunge Frau zog ein verschlafen wirkendes Mädchen und einen riesigen Koffer hinter sich her.

Maria saß zwischen Kaffeeautomat und Rolltreppe und beobachtete die Dächer der Altstadt, welche durch die ersten Sonnenstrahlen in leuchtendes Orange getaucht wurden. Sie sah auf ihre Armbanduhr. Ein letztes Geschenk von Paul – Qualitätsarbeit aus der Schweiz. Im vergangenen Sommer musste lediglich das Armband repariert werden, aber die Uhr funktionierte auch nach fünfzig Jahren tadellos.

Lächelnd befühlte sie die Flasche Chardonnay in ihrer geräumigen Umhängetasche.

»Den Wein trinken wir bei unserem Wiedersehen«, hatte Paul damals gesagt und dabei Marias Wange gestreichelt. Dann war er in seinen VW Käfer gestiegen. Wenige Tage später war von Walter Ulbricht die Schließung der Grenzen angeordnet worden. Mannshoch und schwer bewacht. Unüberwindbare Mauern aus Beton und Stacheldraht. Maria hatte sehnsüchtig auf Pauls Rückkehr, wenigstens aber auf eine Nachricht von ihm gewartet. In den ersten Monaten hatte sie täglich in den Briefkasten geschaut. Jedes Klingeln an der Tür wurde zu einem Augenblick der Hoffnung, der sich im nächsten Moment zerschlug.

Die Jahre vergingen. Der Wein hatte mit ihr geduldig auf das erhoffte Wiedersehen gewartet. Vergebens. Zwei Umzüge hatte der Chardonnay überstanden. Gestern Abend hatte Maria den Wein aus dem Keller geholt. Die Staubschicht war beinahe so dick wie die Mauern, die Paul und sie daran hinderten, den Wein bei ihrem Wiedersehen zu trinken. Das sollte sich heute ändern.

Ein Lautsprecher knackte und eine blecherne Stimme kündigte den Zug an. Vorsichtig und mit zitternden Fingern überprüfte Maria den Sitz ihres Haares. Für ihr Treffen mit Paul hatte sie sich eine modische

Frisur gegönnt, mit Löckchen und einer Spur Silber. Unter dem Mantel trug sie die Perlenkette, die er so gern an ihr gesehen hatte. Stumpf und grau waren die Perlen in den Jahren geworden, hatten ihren natürlichen Glanz als Tribut an die Vergangenheit gezahlt.

Mit lautem Quietschen rauschte der Zug in den Bahnhof. Der Geschäftsmann warf seine Zigarette auf den Boden und drängelte sich an der jungen Frau mit dem Kind vorbei. Maria nahm die Umhängetasche und lief langsam auf den Waggon zu. Nun trennten sie nur noch fünf Stunden und sechsundvierzig Minuten. Nach mehr als fünfzig Jahren des Wartens erschien ihr diese Zeit wie ein Wimpernschlag der Ewigkeit.

Menschen huschten an ihr vorbei. Ein junger Mann mit Kopfhörern auf den Ohren drängte Maria ins Abteil. Der Geruch nach Schweiß und freudiger Erwartung umfing sie, wie ein warmer weicher Umhang. In Wagen siebenunddreißig war ein Platz auf ihren Namen reserviert worden. Sie hatte auf einen Fensterplatz bestanden, damit sie ihr Ziel von Weitem erkennen konnte. Als ihr die Wagennummer auf dem Fahrausweis ins Auge sprang, war sie sich sicher: Gott machte keine Fehler. Siebenunddreißig – Pauls Geburtsjahr. Maria lächelte.

Sie setzte sich mit einem Gefühl der Vorfreude. Es kribbelte am ganzen Körper. Sie berührte erneut die Flasche. Die sorgfältig in Zeitungspapier eingeschlagenen Weingläser raschelten. Vorsichtshalber hatte sie auch einen Korkenzieher eingepackt. Nur für den Fall, dass Paul keinen besaß. Nervös zupfte sie an ihrer Bluse und strich den dunkelblauen Rock glatt. Gut, dass sie sich nicht für das schwarze Kostüm entschieden hatte.

***

Der Geschäftsmann vom Bahnsteig zeigte mit der freien Hand auf den Sitz ihr gegenüber. »Darf ich?«

»Bitte. Der Platz ist frei.«

»Puh. Was für ein Morgen!« Er legte sein Telefon und den Magdeburger Boten auf den schmalen Tisch. Das Sakko hängte er an den Haken. Maria bemerkte die nassen Flecken unter seinen Armen.

»Haben Sie das mal untersuchen lassen?«, fragte sie und zeigte mit dünnen Fingern auf seine Achseln.

Der Mann errötete. »Also ... ähm.«

»Das muss Ihnen nicht peinlich sein. Mein Paul, der hatte auch immer Schweißränder an den Hemden.«

»Aha.«

»Lassen Sie Ihr Sakko bei Terminen einfach an, dann merkt das keiner. Das hat mein Paul auch immer gemacht. Jaja, das waren noch Zeiten.«

»Ihr Mann?«, fragte er höflich.

»Beinahe.«

»Oh, das tut mir leid.« Er schlug die Zeitung auf.

»Das muss es nicht«, entgegnete Maria lächelnd, »Schuld tragen allein Walter Ulbricht und die SED-Parteispitze.«

Ihr Gegenüber sah sie fragend an.

»Ach, ihr jungen Leute wisst das alles gar nicht mehr. Damals, im Sommer einundsechzig, beschloss die Partei die Abriegelung der Berliner Sektorengrenzen. Mit Panzern und bewaffneten Kampfgruppen schnitten sie uns Ostberliner vom westlichen Teil Berlins ab. Meine Freundin durfte nicht mehr zur Arbeit. Das war schlimm. Wer auf der falschen Seite lebte, kam nicht mehr hinaus«, sagte Maria. Bis dahin hatte niemand daran glauben wollen. Keiner, nicht einmal Paul, hielt es für möglich. Sonst hätte er sie mitgenommen.

»Und Ihr Paul? War er auf der richtigen Seite?«

»Ja, das war er. Darum habe ich ihn nie wiedergesehen.«

***

»Nie mehr?«

»Nein.« Sie dachte an den Umschlag in ihrer Tasche, der irgendwo zwischen Chardonnay, den Weingläsern und einigen Kosmetikartikeln steckte.

»Letzten Monat habe ich eine Nachricht erhalten. Nicht von ihm. Er hat eine Tochter, wissen Sie?«

Der Mann sah von seiner Zeitung auf. »Wie bitte?«

»Sie hat mir geschrieben. Ist das nicht freundlich? Heute fahre ich ihn besuchen.«

»Darum haben Sie sich so hübsch gemacht.« Sie lächelte ihn an. Ja, für Paul und das längst überfällige Wiedersehen. Maria blickte aus dem Fenster und ihr Gegenüber versteckte sich hinter der Zeitung. Die

Landschaft flog vorbei, in voller Blüte stehende Rapsfelder, kleine Gehöfte und zwischendurch eine Weide mit gefleckten Kühen. Fünfzig Jahre, ein halbes Leben. So viele ungestellte Fragen. Sie hatte gewartet. Kein Mann hatte den Platz in ihrem Herzen einnehmen können, den Paul für sich reserviert hatte. Der junge Mann faltete die Zeitung zusammen und legte sie auf den Tisch. »Warum treffen Sie ihn erst jetzt? Die Grenzen sind doch seit mehr als fünfundzwanzig Jahren wieder auf. Sie hätten ihn suchen können.«

Maria lächelte. Mit spitzen Fingern zupfte sie ein Haar vom Ärmel der Bluse. »Ich weiß, aber nach so vielen Jahren hinter dicken Mauern fehlte mir dazu der Mut.«

Gleich hinter Helmstedt bot eine Zugbegleiterin Getränke an. Maria bestellte ein Wasser, woran sie sich bis Hannover festklammerte. In Wolfsburg verabschiedete sich der junge Mann und wünschte Maria einen schönen Tag und eine tolle Zeit mit dem lange verschollenen Jugendfreund. Die Zeitung ließ er liegen.

***

Als der Zug später in den Kölner Hauptbahnhof einfuhr, regnete es. Mit steifen Gliedern stieg sie aus dem Waggon. Rastlos eilten die Menschen auf den Bahnsteigen umher. Maria ließ sich von einer Welle Menschen mitreißen und wurde auf den Bahnhofsvorplatz hinaus, direkt in ein wartendes Taxi gespült.

***

»Wo wollen hin, Chefin? Erst Stadtrundfahrt machen? Kenn' isch mich bestens aus in Köln.« Der Fahrer zwinkerte Maria zu.

Sie lächelte. Die Tasche mit dem Chardonnay ruhte auf ihrem Schoß. »Nicht nötig.« Sie nannte ihm die Adresse. Für eine Stadtrundfahrt fand sich später bestimmt noch Zeit. Fünfzig Jahre – länger wollte sie nicht warten. Maria schluckte, strich über das kühle Glas der Weinflasche. Der Taxifahrer musterte sie. »Also zum Friedhof?«

Sie nickte und blickte aus dem Fenster.

Ja.

Zu Paul.

Als ich einmal Zigaretten holen ging

von Leonhard Föcher

»Keine mehr da«, antwortete sie.

Ihr Kinn zitterte triumphierend.

Es schüttete. Ich hörte, wie das Wasser aus der überlaufenden Dachrinne gegen unsere Hauswand klatschte.

»Pizzaservice?«

»Ich mach Diät.« Ihr Tonfall war aggressiv.

Ich ging hinauf ins Schlafzimmer. An meinem Trenchcoat war ein Knopf lose. Im Portemonnaie fand ich nur Scheine und ein Zweieurostück. Ich ging zurück ins Wohnzimmer. Im Schrank im Schälchen war auch kein Kleingeld für den Automaten auf der anderen Straßenseite.

»Hast du noch Kleingeld?«

Ich bemerkte, dass sie kaute.

»Habe ich heute alles Mehmet gegeben.«

Mehmet war ihr Friseur, bei dem sie sich mindestens einmal in der Woche zurechtmachen ließ. Ich sah zu ihr hinüber. Das geschminkte Gesicht, das von einem mittellangen, lässig gefransten Bob umrahmt wurde, bildete einen merkwürdigen Kontrast zu dem rosafarbenen Jogginganzug, der für eine kleinere Frau gefertigt zu sein schien. Sie lag feist auf der Couch und blickte konzentriert auf die Mattscheibe, wo Heidi Klum einem jungen Mädchen, das sie mit tränenfeuchten Augen ansah, die Welt erklärte.

Ich hatte schon ein paar Bier weg. Außerdem war mein Auto in der Werkstatt. Ich zog mir die Schuhe an und griff nach dem Regenschirm. Als ich aus der Haustür trat, kam der Wind von vorn. Bevor ich den Schirm in der richtigen Position hatte, war ich nass wie ein Pudel. Zu *Schorsch* war es eine halbe Stunde, wenn ich stramm durchging. Aber ich konnte dort noch zwei oder drei Pils trinken und auf dem Rückweg würde ich mit dem Wind laufen.

Es regnete wirklich heftig. Die Böen drohten mir den Schirm aus der Hand zu reißen. Um mich wenigstens etwas zu schützen, nahm ich beim Laufen eine gebückte Haltung ein. In der Ferne hörte ich ein leichtes Grollen. Hoffentlich schaffte ich es, bevor es anfing. Gewitter machten mich nervös. Es war kein Mensch auf der Straße. Ich sah das bläuliche Flimmern in den Fenstern der Nachbarn. Ich kannte hier jeden. Schubert, Seethaler, Kovac, Bender, mit dessen Frau ich vor Jahren mal was hatte, als er noch viel auf Montage war, Rosin, Lienen, Weißenburg und wie sie alle hießen.

Wir waren mit die Ersten, die hier vor dreißig Jahren gebaut hatten, kurz nach unserer Hochzeit, als ich den Job in der Stadtverwaltung bekam und Iris mit den Zwillingen schwanger wurde. Es war ein ruhiges Viertel, etwas außerhalb der Stadt. Die Einfamilienhäuser hatten alle einen Garten. In den ersten Jahren feierten wir im Sommer reihum Grillpartys und luden uns gegenseitig ein. Ich weiß nicht, warum das eingeschlafen war. Vielleicht hing es mit den Kindern zusammen. Jedenfalls zu der Zeit, als sie aus dem Haus gingen, wurden auch die gemeinsamen Aktionen weniger. Heute beschränkten sich unsere Kontakte auf ein freundliches Kopfnicken und einen gelegentlichen Schwatz auf der Straße.

Als ich die Stelle erreichte, an der die Waldgartenstraße den Schillerweg kreuzte, sah ich etwas Ungewöhnliches. Vor dem Haus, in dem bis zu ihrer Scheidung die Haverbecks gewohnt hatten und das jetzt seit einem halben Jahr leer stand, befand sich, wo das Zu-Verkaufen-Schild gestanden hatte, eine Leuchtreklame.

In schwungvollen Serifen blinkte, eingerahmt von zwei Palmen, das Wort *Oase*. Über der Eingangstür wiederholte sich der Schriftzug auf einer weißen, durch Strahler beleuchteten Tafel. Einerseits war ich empört. Der Siedlungsvertrag erlaubte keine Gewerbetätigkeiten. Wir wollten es hier ruhig haben. Andererseits war ich ganz froh. Wenn hier eine Kneipe war, dann gab es hier auch Zigaretten.

Als ich die Tür öffnete, hörte ich Stimmen. Noch bevor ich den roten Vorhang, der halbrund den Türbereich abgrenzte, beiseiteschob, roch ich ein Gemisch aus Zigarrenrauch und würzigen Speisen.

Der Raum war gemütlich eingerichtet. Er schien das ganze Erdgeschoss einzunehmen. Schwere Klubsessel luden zum Sitzen ein. Der Tresen zog sich über die gesamte Breite. Vor dem verspiegelten Regal mit den Flaschen stand eine junge Frau, die mir freundlich zunickte. Eine Wendeltreppe mit einem Handlauf aus Messing führte ins obere

Stockwerk. Mich wunderte, dass ich von dem Umbau nichts mitbekommen hatte.

Auf einem der Sessel rekelte sich ein weißhaariger Mann, der mir bekannt vorkam. Er hatte ein rundes, rotes, freundliches Gesicht. Vor ihm stand eine Flasche Cognac. Er füllte sich etwas in ein Glas, tupfte dann das Mundstück seiner dicken Havanna hinein und nahm genüsslich einen Zug. Außer ihm saß ein weiterer Mann im Gastraum. Er drehte mir den Rücken zu. Dem Umriss nach war er jünger.

»Wir haben schon auf dich gewartet.« Die Frau sah mich an.

Noch bevor ich die Theke erreicht hatte, hatte sie ein Pils gezapft. Auf einem Silbertablett daneben lag eine geöffnete Schachtel Gauloises und ein Streichholzheft.

»Ist doch richtig, oder?«

Sie lächelte, weil sie wusste, dass ich wusste, dass es keine richtige Frage war.

»Seit wann habt ihr auf?«

Ich sah mein Gesicht im Spiegel hinter den Flaschen. Es war grau, die Augen lagen tief und müde in den Höhlen und die Mundwinkel waren heruntergezogen. Ich ärgerte mich über mein Aussehen und über meine plumpe Gegenfrage.

Sie tat, als hätte sie meine Unhöflichkeit nicht bemerkt.

»Sehr lange; wir haben dich viel früher erwartet. Die anderen sind schon seit Ewigkeiten hier.«

»Die Haverbecks sind doch…«

Sie legte den Finger auf die Lippen.

»Trink erst mal«, sagte sie immer noch lächelnd, aber bestimmt.

»Und zieh deinen Mantel aus! Der ist ja ganz nass.«

Als sie hinter der Theke hervorkam, um mir den Trenchcoat abzunehmen, sah ich, dass ihr an der rechten Hand der kleine Finger fehlte.

»Ungewöhnlich, nicht? Ich habe mal jemandem den kleinen Finger gegeben, aber er hat zum Glück nicht die ganze Hand genommen.«

Sie sah mich ernst an und lachte dann laut auf.

»Spaß«, sagte sie, »nur Spaß!«

Sie war ungefähr so groß wie ich. Ihr Gesicht war ein vollkommenes Oval mit einer leicht gebräunten Haut, wie sie junge Mädchen haben, denen die Eltern Reitunterricht bezahlen. Ihre Augen hatten die Farbe von frischen Weinblättern, aber ihr Blick zeigte, dass sie keineswegs so jung war, wie ich angenommen hatte. Er war unnachgiebig und ein wenig traurig, als bedaure er seine Härte. Sie sah aus wie jemand, der schon eine Menge erlebt hatte. Über einem schmalen, grauen Rock trug sie eine dunkle Bluse. Am Revers hatte sie ein Namensschild, auf dem *Lili* stand.

Der alte Mann sah, wie ich ihr mit dem Blick folgte, als sie meinen Mantel zu der Garderobe neben der Tür brachte.

»So kenn ich uns«, kicherte er und hob sein Glas.

»Laber nicht, lass uns lieber essen«, sagte der andere Mann, der sich zu uns gedreht hatte.

Als ich ihn sah, begriff ich, wer sich da einmischte. Und plötzlich wusste ich auch, wer der ältere Mann war. Mich traf die Erkenntnis wie ein Blitz.

Auf dem Heimweg hatte sich der Wind gedreht und war noch heftiger geworden, sodass ich wieder nur mühsam vorankam. Zum Glück hatte der Regen nachgelassen.

Ich hatte mein Zeitgefühl verloren, aber ich konnte am Horizont schon einen hellen Streifen sehen. Die Blätter an den Büschen in den Vorgärten glänzten. Sie schienen zu fluoreszieren. Um die Lichter der Straßenlaternen waberten farbige Aureolen, wie man sie sonst nur mit zusammengekniffenen Augen sieht.

Sie hatten mir in der *Oase* den Kopf gewaschen. Wir waren die Wendeltreppe hochgegangen, voran der ungeduldige, junge Mann, ihm folgte Lili, dann ich, ihren Po vor meinen Augen. Am Ende stieg mit federndem Schritt der Weißhaarige die engen Windungen hoch.

Wir traten in einen Saal. Kronleuchter hingen von der Decke. Die Tische schmückte weißer Damast. Die Weite des Raums kam mir unwirklich vor. Wir setzten uns auf gepolsterte Stühle.

Ein hinkender Kellner brachte die Karten. Lili flüsterte ihm etwas zu. Er nestelte an seinem Frack, sah mich einen Moment an, nickte und sammelte sie wieder ein, bevor wir Zeit hatten, hineinzuschauen.

»Es gibt etwas ganz Besonderes«, sagte sie und lächelte uns der Reihe nach an.

»Wir sollten zum Punkt kommen!« Der junge Mann schob sich unwirsch die Haare aus der Stirn.

»Was bist du nur so ungeduldig?«, sagte der Weißhaarige und wandte sich mir zu.

»Die Jugend ist so hastig, nicht wahr, aber er hat natürlich recht. So kann es nicht weitergehen. Wir müssen reden.«

»Ja müssen wir«, fuhr der junge Mann dazwischen, bevor ich antworten konnte. »Es geht hier schließlich um meine Existenz. Ich weiß nicht, ob ich so werden will wie du, aber ganz sicher will ich nicht so werden wie er.«

Er zeigte auf mich.

»Ruhig«, mischte sich Lili ein, bevor ich etwas entgegnen konnte. »Es geht hier um unser aller Existenz, nicht nur um deine.«

Der Kellner unterbrach uns. Er schob einen kleinen silbernen Wagen. Geschickt öffnete er eine Flasche Rotwein, nachdem er sie dem älteren Mann gezeigt hatte. Als dieser nickte, schenkte er ihm einen Schluck ein. Verfolgt von dem finsteren Blick des jüngeren, verkostete der Weißhaarige den Wein übertrieben langsam und genießerisch. Um Lilis Mund, die die ganze Szene beobachtete, zuckte es, als ob sie ein Lachen unterdrückte.

Sie trank wie ich Pils, das frisch im leicht beschlagenen Glas perlte, als hätte es die umständliche Zeremonie nicht abwarten müssen. Dem jungen Hitzkopf hatte der Kellner einen Longdrink mit einem Strohhalm hingestellt und dabei verächtlich die Augen verdreht.

Ich war in einer eigenartigen Stimmung. Alle kamen mir so vertraut vor, als würde ich sie jeden Tag sehen. Aber ich war beunruhigt, was das Ganze sollte. Ich nahm einen tiefen Schluck von meinem Bier und wollte gerade fragen, da brach das Unwetter los. Die Welt explodierte. Es donnerte. Blitze zuckten vor den Fenstern. Ich krampfte meine Hände zu Fäusten. Das Gewitter musste ganz nah sein. Die Kronleuchter flackerten und verlöschten dann. Es dauerte eine Zeit, bevor das Licht wieder anging.

Meine Augen gewöhnten sich langsam an die Helligkeit. Neben mir stand ein frischgezapftes Pils. In der Mitte des Tisches strömten aus einer riesigen Pfanne verführerische Gerüche. Lange Fleischspieße ragten über ihren Rand.

»Ein Essen aus meiner Heimat«, erklärte Lili.

Dann wies sie auf die silberne Sauciere. »Sei vorsichtig! Die Soße ist höllisch scharf.«

»Wir wollen«, sagte der Weißhaarige zwischen zwei Bissen, »dass du dein Leben änderst!«

Der jüngere Mann zischte mir mit vollem Mund zu: »Du hast mich verraten! Wo sind die Weltreise, die Frauen, das abenteuerliche Leben und der Roman, den du schreiben wolltest? Wo hast du's gelassen?«

»Ich habe gesehen, wie du in den Spiegel geschaut hast.« Der ältere Mann lächelte bekümmert. »Dein Spiegelbild hat dir nicht gefallen. Schau mich mal an! Glatte Haut, habe die Kurve gekriegt. Dreißig Jahre älter und immer noch guten Sex.« Er schaute anzüglich auf Lilis Brüste und zwinkerte ihr zu.

»Du hast nichts von dem erreicht, was du wolltest.« Fast verschluckte sich der Jüngere. Er hielt die Gabel wie eine Waffe in der Hand. »Zwei Kinder, denen du scheißegal bist, einen langweiligen Job bei der Stadtverwaltung, ein langweiliges Haus in einem langweiligen Vorort, eine einzige langweilige Affäre und eine langweilige Frau, die du nicht mal liebst.«

»Du musst dich entscheiden.« Lilis Blick brannte sich in meine Augen wie die scharfe Soße in meine Kehle. »Jetzt«, fügte sie leise hinzu.

Ich merkte, dass ich wütend wurde. Manchmal läuft es nicht so, wie man es sich vorgestellt hat und manchmal muss man Kompromisse machen, wenn man mit jemandem zusammen ist. Ein Versprechen bleibt ein Versprechen, auch wenn es nicht auf große Leidenschaft gebaut wurde.

Bevor ich diese Sätze ausgesprochen hatte, ertönte ein Donnerschlag, viel lauter als zuvor. Das Gewitter war jetzt direkt über dem Haus. Wieder wurde es dunkel.

Als ich vor unserer Tür stand und aufschloss, merkte ich, dass mein Schirm nicht mehr da war. »Ich muss bei Schorsch anrufen«, dachte ich. Irgendwas störte mich an dem Gedanken.

Im Haus brannte kein Licht. Ich zog die Schuhe aus und ging hinauf ins Schlafzimmer. Das Bett war unbenutzt. Vielleicht war Iris auf der Couch eingeschlafen. Ich ging hinunter und schaltete die Deckenleuchte ein.

Sie war nicht da. Auf der Couch lagen eine Schachtel Zigaretten, eine halbe Tafel Schokolade und ein Zettel: Bin bei Mehmet. Habe Dich verlassen. Für immer. Iris.

Zwischen Tür und Angel

von Jana Franke

Eins

Durch den Kastanienbaum vor meinem Fenster scheint die Abendsonne. Die grünen stacheligen Schalen, die die Früchte schützen, liegen wild im Gras verteilt. Aufgeplatzt durch den Aufprall. Das Innere der dicken Hülle ist ganz weich und hell. Ihr dumpfes Poltern weist auf das Ende des Sommers. Über meine linke Schulter rollt eine Kolonne Eisenschweine Richtung Arm und in der Brust gräbt ein Feuerdrache seine Krallen in mein Herz. Atme. Weiter. Atme. Hoch oben ziehen Schwalben in Formation über den Himmel. Stürzen sich in das Orange des Himmels. Die Schreie der Mauersegler sind längst verstummt. Weit entfernt höre ich eine Sirene. Laut und drängend. Martin anrufen. Rote Streifen ziehen über den Himmel und die Sonne verschwindet vor meinen Augen.

Zwei

Er ist immer so mürrisch, seitdem er in unser Haus gezogen ist, in diese riesige Wohnung der Belle Etage. Er sagt, bei ihm riecht es moderig. Er sagt, diese Wohnung wäre dunkel und eng. Wie können 160 Quadratmeter eng sein für einen kleinen Mann? Deckenhöhe 4,20 m. Aufschneider. Vor seinem Wohnzimmer und der angrenzenden Bibliothek steht die Riesenkastanie. Die beschattet ordentlich. Wir wohnen über ihm in der zweiten Etage und sehen über die Krone hinweg. Danach kommt das Dach und da wohnt niemand mehr. Er will zeigen, wo er herkommt, dieser Lübecker Fabrikantenschnösel mit seiner Villa am Meer und seinem Geld ich-weiß-nicht-wo-alles. Alter Marzipanadel. Wir treffen uns manchmal im Treppenhaus. Mürrisch und wortkarg. Dauernd negativ. Nein und aber und muffig und eng. Das sind die Gespräche. Meine Kinder allerdings mögen den Neuen. Besonders meine sechsjährige Martha. »Hallo«, lärmen sie ihn an, wenn wir uns im Treppenhaus gegenüberstehen. »Hallo, wo willst du hin? Kommst du mit spielen? Wo ist deine Frau?«

»Tot«, sagt er dann. Unbeeindruckt informiert Martha ihn: »Meine Oma auch und Morle liegt im Garten beim Apfelbaum. Kennst du Morle?« »Nein.«

»Wo liegt denn deine Frau?« »In Lübeck.« »Ist das weit weg?« Martha gibt sich interessiert. »Wolltest du nicht mehr allein dortbleiben?«

»Ja, und jetzt muss ich gehen.« »Wohin, zu deiner Frau?« »Nein, zum Fleischer.«

Er lüftet seinen Hut zum Gruß und bahnt sich den Weg durch die Kinderschar. »Tschüüüüüssssiiii, bis morgen«, schreien sie ihm nach. »Seine Frau ist tot, Mama«, belehrt mich meine Tochter lauthals, so als ob ich nicht zugehört hätte, als ob ich gerade erst neben ihr aus dem Nichts aufgetaucht wäre. »Deshalb ist er immer so böse, das musst du verstehen, er hat hier noch keine Freunde.«

Ich stehe auf dem Absatz der zweiten Etage und schaue auf die Webmuster des roten Sisals im Treppenhaus, höre seine Schritte auf den Fliesen im Erdgeschoss klicken, dann schlägt die Haustür geschäftig ins Schloss. Ich fühle mich völlig nackt. Bloßgestellt von der Wahrheit aus dem Munde meiner Sechsjährigen.

Drei

Durch den Kastanienbaum vor meinem Fenster scheint die Abendsonne. Die grünen stacheligen Schalen, die die Früchte schützen, liegen wild im Gras verteilt. Aufgeplatzt durch den Aufprall. Das Martinshorn hat das Haus jetzt erreicht und das Blau der rhythmisch kreisenden Warnlichter arbeitet sich durch die Bibliothek zum Esszimmer, verfängt sich im Kristalllüster. Der Drache wuchtet gegen meinen Brustkorb, weil er den Lärm nicht erträgt, saugt Luft aus meinen Lungen um sich vor dem Ausbruch zu rüsten. Der massige Rumpf will sich aufrichten. Noch nicht. Noch hab ich ihn. Ich will Martin noch sehen. Martha. Der Drache peitscht mit seinem Schwanz gegen meine Magenwände. Die Wohnungstür wird aufgeschlossen.

Vier

Der Neue liegt auf der Trage, unter ihm der leuchtend rote Sisal des Treppenhauses. Sein rechter Arm ist festgeschnallt und in der linken Beuge steckt eine Kanüle.

Die Männer wollen ihn gerade aus seiner Wohnung tragen, der riesige Lüster des Entrees schillert hinter ihnen auf. Ich stehe halbe Treppe und schaue zu ihnen hoch. Die vollen Einkaufsbeutel an meinen Armen werden steinschwer. Ich komme nicht weiter, die Trage versperrt mir den Weg und ich höre den Neuen mit Martin sprechen. »So sieht es aus, wenn man stirbt, mein Sohn. Hab keine Angst davor, Martin. Du bist versorgt. Gib der kleinen Martha den Elefanten aus Indien, den liebt sie und sage ihr, ich gehe nach Hause, nach Lübeck zu meiner Frau zurück. Wenn sie fragt, wo ich bin.« »Papa, red nicht so, das wird schon wieder.« »Nein, Martin, hier wird nichts mehr. Bleiben wir realistisch. Und sage ihr, dass ich nun doch einen Freund gefunden habe, obwohl ich nicht wollte.« Unten höre ich die Haustür klappern und das lustige Gekreische meiner Kinder und ihrer Freunde. Sie donnern die Treppen hoch, spielen laut schreiend Fangen. Hart werden sie gestoppt von den Rettungssanitätern und der Trage zwischen ihnen.

»Warum wirst du getragen Leopold? Ist dir schlecht von der Wurst?« »Nein vom Leben.« Sie quetschen sich mit ihren schweren Schultaschen in die Ecken des Treppenabsatzes und die Träger jonglieren ihren Verletzten an ihnen vorbei. Martin eilt mit einer Reisetasche hinter seinem Vater her. »Guten Tag, Frau …«, spricht er gedämpft, »meinem Vater geht's nicht gut, wir bringen ihn jetzt in die Uniklinik.« Er versucht Haltung zu bewahren, versucht nicht zu weit in die Zukunft zu denken, versucht nicht zu weinen, versucht der Angst keinen Platz freizuräumen, wie man es tut, wenn man nicht auf der Stelle zusammenbrechen will. Für seine Jugend ein beachtliches Vermögen. Seine Pupillen sind geweitet, wie bei einer Katze in der Nacht. »Ja, Martin, ich sehe es.«

Fünf

»Warum sind so viele Stecker in dir, Leopold?« »Die denken, das hilft. Du solltest nicht hierher kommen. In dieses muffige Krankenhaus. Hast du nichts Besseres zu tun?« »Nein. Stirbst du jetzt?« »Ja.« »Woher weißt du das so genau? Hat dir das der liebe Gott gesagt?«

»Nein, das nicht. Der hat mir nichts mehr zu sagen. Ich weiß es eben.« »Morle ist auch gestorben. Das war ganz traurig für mich. Ich wollte nicht, dass sie tot ist. Wir haben sie dann unter dem Apfelbaum im Garten eingegraben und noch Steine draufgelegt.«

»Kind geh, ich will alleine sein.« »Du warst jetzt genug alleine. Ich will noch mit dir spielen, das habe ich mit Mama abgemacht. Wenn sie reinkommt, muss ich gehen, aber das dauert noch. Morle ist jetzt im

Himmel und dort hat sie keine Schmerzen mehr, sie ist bei den anderen und dem Nikolaus. Tut dir was weh, Leopold?«

»Nein.«

»Leopold, ich stelle mir den Tod komisch vor. Man lebt ja dann noch weiter, aber anders. Stellst du dir das auch vor?«

Der Neue schaut zur Zimmerdecke. Ich betrachte das ungleiche Paar durch die Glaswand und frage mich, wann es zu dieser Nähe gekommen ist. Ich war ausdrücklich nicht erwünscht. Martha hat mich instruiert, draußen zu bleiben. Manchmal beuge ich mich ihrem Willen.

»Leopold, ich habe dir hier einen Apfel mitgebracht und wenn du den isst und die Kerne auch, wächst aus dir ein Apfelbaum. Wie bei Aschenputtel, weißt du doch. Dann kann ich mich darunter setzen und mit dir reden. Martin kommt dann bestimmt mit, der lässt mich nicht alleine. Wir pflanzen Blumen und putzen den Stein, damit es schön aussieht. Wie bei Oma.« Sie reicht ihm einen kleinen Apfel. Den hat sie stundenlang zwischen all den anderen Äpfeln aus der Apfelkiste ausgesucht und für geeignet gehalten. Der Apfelbaum, von dem der kleine Apfel stammt, ist im Wertereigen von Buch schreiben, Haus bauen und Kind zeugen in unseren Garten eingezogen. An seinen Wurzeln liegen Marthas Plazenta und unsere Morle begraben. »Nein, ich liege dann in Lübeck neben meiner Frau, das ist zu weit weg um mich zu besuchen. Außerdem werde ich auch verbrannt, da würde der Kern in mir nicht überleben.« »Verbrannt? Tut das nicht weh?« »Ich bin dann tot, da fühlt man nichts mehr.« »Das kannst du nicht wissen, warst du denn schon mal tot?« »Nein, das nicht, aber … Martha ich will, dass du jetzt gehst. Hast du den indischen Elefanten bekommen?« Martha nickt und hält die linke Faust nach oben, dort schaut der lange graue Rüssel eines Holzelefanten heraus. Martin hat ihn ihr an dem Tag gegeben, als sein Vater durch den Hausflur geschleppt wurde. Seitdem legt sie ihn nicht mehr weg. »Nein nein, ein bisschen Zeit habe ich noch. Ich zeige dir erst noch mein Bild, das kannst du ja als Apfelbaum nicht sehen.«

Sechs

Wie vertrauensvoll sie sich in seine Arme legt und wie bereitwillig er rückt, damit sie Platz findet. Mit seinem Kanülearm hält er das Bild meiner Tochter. Im undurchstochenen liegt sie gemütlich. Die Monitorwand, die durch weiße dünne Schnüre mit ihm verbunden ist, gibt Auskunft über seinen Gesundheitszustand. Sie arbeitet in den üblichen Parametern. Mithilfe der Fernbedienung in ihrer Hand, hat sie das Kopfteil hochgestellt. Ihre roten Lackschuhe liegen auf dem gewienerten Krankenhausboden verteilt und ihre kleinen Füße in den Pferdestrumpfhosen wackeln auf der gestärkten Bettdecke hin und her. Der Elefant steht auf der Bettdecke, in Höhe des Bauches vom Neuen, und hat seinen Rüssel in Richtung Zimmerdecke gestreckt. Er hört den beiden aufmerksam zu. Ich schaue in den Sonnenflur des Krankenhauses hinunter, der in einem riesigen Glasfenster endet. Draußen hasten die Wolken über strahlendes Blau. Sonnenfunken flackern über den Boden. Aus der klingelnden Fahrstuhltür kommt Martin mit einem Blumenstraußpaket auf mich zu. Seine Schuhe klacken ebenso geschäftig, wie die seines Vaters. Wie nah sie sich sind. Vater und Sohn. Und doch ist der Alte unbarmherzig mit seinem Realismus. Lässt dem Sohn keine Möglichkeit der Verzweiflung. Martin lächelt mich an. Graue Schatten unter den rotgeränderten Augen geben Auskunft über seinen Seelenzustand. Äußerlich hält er sich gerade. Als er Martha den Elefanten übergab, war dafür keine Kraft mehr. Ich nehme ihn seither in den Arm, wenn er weint, koche und wasche für ihn und wir essen alle gemeinsam, wenn er aus der Uni kommt. Abends geht er runter in seine Wohnung, dann kommen Freunde und bleiben über Nacht. Bis sein Vater … weiter reden wir nicht.

Sieben

Zeit ist ein Schmetterling. Für meinen Leo. Ihre Haare kitzeln an meiner Wange, während das Bild in meiner Kanülehand ein wenig zittert. Ein schlafender Clown mit schwarzer Baskenmütze und einer riesenroten Clownsnase umringt von Kindern. Und eines ist ihm ganz nah. Ein Mädchen in Pferdestrümpfen. Zeit hat sie schon selbst geschrieben, wobei das kleine e in die falsche Richtung schaut. Es ist nicht so wichtig, wo das e hinzeigt, werde ich ihr sagen. Ich werde ihr sagen, dass es mir sehr gefällt. Dieser Augenblick ist wie jeder Augenblick, flüchtig. Er hat sich im nächsten Moment schon überlebt. Der Tod ist ein Don Juan und geht durch tränennasse Gassen seiner Bestimmung nach. Fragt nicht, liebt nicht. Ist.

Küss ihn und sei dir gewiss, er küsst zurück.

Wolfi

von Peter Futterschneider

Die alte Frau hält es kaum noch aus. Wieder und wieder betrachtet sie die leere Flasche Wein und stöhnt. »Wo bleiben Rotkäppchen und der blöde Wolf?« Nicht weit entfernt: Ein grauer Wolf hetzt durch den Wald. »Nie hat man seine Ruhe!« Er hält inne und starrt resigniert ins Leere. »Eine miese Zeit für so nette Wölfe wie mich. Ewig muss ich Wein zur Großmutter schleppen. Aber bald reicht es mir, bald haue ich ab! Dann sage ich nicht einmal mehr tschüss!« Urplötzlich schrillt es kreissägenartig durch den Wald. »Wolfi!« Schlagartig erhöht sich sein Puls, Angstschweiß durchnässt sein Fell. »Wie ich das hasse, wenn sie mich Wolfi nennt!« Er heult zurück: »Hier ist niemand!« Doch Rotkäppchen ist schon ganz nah. In blanker Not schließt er die Augen. »Nein, ich bin nicht da, keiner da, niemand nicht.« Pure Verzweiflung, zu spät. »Da bist du ja, ich habe dich schon überall gesucht. Schau mal, was ich hier habe!« Sie winkt mit dem Stöckchen. »Wir müssen üben, damit Großmutter sieht, was für ein braver Wolf du doch bist. Los, hol das Stöckchen!« Unwillig holt er das Stöckchen. »Das hast du fein gemacht, Wolfi. Wie macht mein Wolfi?« Er hält die Pfoten hin und hechelt, sie streicht über seinen Kopf. »Ein ganz ein Feiner bist du. So, nun warte hier.« Sie verschwindet kurz, er flucht heftig. »Na warte, eines Tages haue ich wirklich ab!« Sie kommt mit einem Korb voller Kuchen und Wein und einer rosa Schleife in der Hand zurück. »Wir besuchen die Großmutter. Aber erst mache ich dich noch schick.« Sein flehendes »Oh nein!« ist wirkungslos. »Oh doch! Du musst gut angezogen zur Großmutter kommen, nicht wahr, Wolfi? Das verstehst du doch, oder?« Zähneknirschend lässt er sich die Schleife umbinden. Ein gut gelauntes Rotkäppchen und ein seiner Ehre beraubter Wolf machen sich auf den Weg zur Großmutter. Diese wartet bereits ungeduldig. »Da seid ihr ja endlich!« Für den Wolf hat sie nur einen abfälligen Blick übrig. »Hast du deinen Bettvorleger wieder dabei?« Unbeirrt nimmt Rotkäppchen das Stöckchen und wirft. Der Wolf trottet los. Aber die Großmutter winkt ab. »Mach lieber eine Flasche auf!« Ein unwürdiges Schauspiel beginnt. Als Rotkäppchen eine Flasche öffnet, nimmt die Großmutter sofort gierig einen großen Schluck. »Wie lange brauchst du deine Medizin eigentlich noch?«, fragt Rotkäppchen. Nach einem lauten Rülpser entgegnet Großmutter: »Noch lange, das ist eine Langzeit-Therapie. Und, wo bleibt der Kuchen?« Rotkäppchen hat ein großes Herz. »Wir sollten Wolfi auch etwas geben.« Widerwillig wirft ihm Großmutter ein paar Krümel hin. Der Wolf protestiert. »Ich bin doch nicht euer Müllschlucker!« Großmutter schüttelt den Kopf. »Der Köter ist undankbar, sage ich doch.« Totenstille… Köter? Hat sie eben wirklich Köter gesagt? Wütend springt er auf. »Es reicht! Dauernd muss ich Stöckchen apportieren und dazu eine rosa Schleife tragen! Man wirft mir Kuchenkrümel vor! Und nun nennt man mich auch noch einen Köter! Das geht zu weit!« Rotkäppchen will beschwichtigen. »Ach Wolfi, hab dich doch nicht so.« »Nein, was zu viel ist, ist zu viel!« Großmutter trägt ihren Teil zur Diskussion bei: »Habe ich dir doch gesagt, der taugt nur als Bettvorleger.« Da reißt sich der Wolf die Schleife ab und macht sich mit einem »Tschüss, mich seht ihr hier nie wieder!« aus dem Staub. Zurück bleiben ein verdutztes Rotkäppchen und eine nach einer halb geleerten Flasche Wein inzwischen recht gelöste Großmutter.

***

Einige Zeit später: Ein grauer Wolf hetzt durch den Wald, stößt auf eine Lichtung mit einem Haus, betritt dieses und atmet tief durch. Eine abstoßende Stimme lässt ihn instinktiv ein Versteck suchen. »Ach wie gut, dass niemand weiß, dass ich Rumpelputtel heiß, hihihi. Alle sind so dumm, nur das Rumpelputtel, das ist schlau, denn es weiß alles ganz genau, hihihi. Diese Küche ist mein Revier. Und solange keiner meinen Namen weiß, gehört sie mir! Hihihi ...« Der Wolf muss niesen. »Wer da?« Er kommt aus der Deckung. »Sieh mal einer an: Ein Schäferhund.« Protest: »Ich bin ein Wolf!« Es lacht. »Wenn du ein Wolf bist, dann bin ich die sieben Geißlein. Ich sage, was ich denke, denn das hier ist mein Reich! Basta!« Es nimmt einen großen Kochlöffel und zieht ihn dem Wolf übers Fell. Der gibt sich geschlagen. »Ist ja schon gut. Sag mal, hast du etwas zu essen für mich? Ich habe Hunger.« Es lächelt: »Gern, allerdings musst du dir das Essen erst verdienen!« Es schüttet Erbsen und Linsen auf den Boden. »Die Erbsen hier hinein, die Linsen dort hinein. Und jetzt muss ich nachdenken.« Es legt sich hin und schläft laut schnarchend ein. Der Wolf beginnt mit der Arbeit. 5 Linsen, 6 Linsen ... Zunächst bemerkt er Rosalinde gar nicht, die hereinkommt und stumm beginnt, ihm zu helfen. Auf seinen fragenden Blick erklärt sie: »Ich war sicher, den Namen zu erraten. Ich habe schon hunderte von Namen geraten – alle falsch. Erst wenn ich den richtigen Namen errate, lässt es mich zufrieden und zieht weiter.« Wie gut, dass der Wolf vorhin gelauscht hat. Doch exakt in dem Moment, in dem er die Lösung verraten will, wird es wach und unterdrückt mit zwei harten Kochlöffelschlägen jede weitere Kommunikation. 67 Erbsen, 68 Erbsen ... Da erscheint eine Lichtgestalt. Während der Wolf frohlockt, winkt Rosalinde nur ab. »Den kannst du vergessen, das ist Prinz Norbert, von ihm kannst du keine Hilfe erwarten.« Prinz ist Prinz, denkt sich der Wolf und fasst sich ein Herz. »Hilf uns, edler Prinz!« Der zeigt ihm einen Vogel. »Hilf dir selbst. Mach lieber Platz.« Er drängelt sich vorbei und legt sich zu Rumpelputtel ins Bett. Der Schnarchpegel steigt merklich an, genau wie der Frustpegel des Wolfes. 236 Erbsen, 237 Erbsen ... endlich. »Fertig!«, frohlockt Rosalinde. Rumpelputtel wacht auf, der Wolf freut sich auf sein Essen. Doch es faucht nur ein »Ihr seid noch lange nicht fertig«, schüttet alles aus und stimmt wieder in Prinz Norberts Schnarchen ein. Überfällig: Der Wolf nimmt Rosalinde zur Seite und klärt sie auf. Jetzt wird der Spieß umgedreht. Er tritt gegen das Bett. »Hey, faules Pack, aufgewacht!« Rosalinde stimmt mit ein: »Verschwindet von hier!« Rumpelputtel und Prinz Norbert sind schlagartig wach. »Unverschämtheit!«, entrüstet sich der Prinz. Außer sich keift das von Geburt an mit einer geringen Frustrationstoleranz ausgestattete Rumpelputtel: »Niemals werde ich gehen, denn meinen Namen erratet ihr nie!« Es folgt ein Kreuzverhör. »Heißt du Butterblume?« »Nein – noch zwei Versuche.« »Heißt du Löwenzähnchen?« »Nein – nur noch ein Versuch.« Der finale Schlag: »Heißt du etwa ... Rumpelputtel?« Es flippt aus. »Das kann nicht sein, verdammt! Woher wisst ihr das?« Rosalinde zeigt auf den Wolf. »Er war's.« Er nickt. »Ich war's.« Schlussakkord: Beide gehen auf Rumpelputtel los und drängen es aus dem Haus. Danach wenden sie sich dem Prinzen zu, der kurzerhand erklärt, dass er sowieso gerade wieder loswollte, da er noch anderweitig zu tun habe. Ein kollektives »Buh!« – weg ist der Prinz. Geschafft, Rosalinde ist Rumpelputtel los. Während sie ihr Heim wieder ganz für sich hat, erfasst den Wolf eine tiefe Melancholie. »Ich muss leider weiter. Ich vermisse meinen Wald. Noch ist meine Suche nach einem Weg, mich ganz von Rotkäppchen und Großmutter zu befreien, nicht beendet.« Sie dankt ihm mit einer leckeren Erbsensuppe. Nach kurzem Mahl verabschiedet er sich mit einem ebenso kurzen »Tschüss!«.

***

Der Morgen danach: Ein von Blähungen gepeinigter grauer Wolf hetzt durch den Wald, nicht weit entfernt von einer Lichtung samt Hütte und Edelsteinmine. Dort zetert Schneeröschen: »Los, aufstehen! Mach mir das Frühstück. Und beeil dich!« Der Zwerg trottet in die Küche, sie wendet sich ihrem Lieblingsgesprächspartner zu. »Spieglein, Spieglein an der Wand, wer ist die Schönste im ganzen Land?« Lächelnd wartet sie auf die Antwort. »Die Schönste, die seid Ihr, allerdings nur hier. Denn draußen in der Stadt gibt es Mädchen mit sehr viel schönerem Schmuck.« Das Lächeln entfleucht. »Das liegt nur an dieser blöden Kette. Die ist zu schlicht. Hey Zwerg, wo bleibt mein Frühstück?« Er bringt das Frühstück. »Du musst mir noch schönere Edelsteine aus der Mine holen!« »Aber du hast doch schon so viele Edelsteine.« »Davon kann man nie genug haben. Von so etwas hast du keine Ahnung!« Er gibt nicht auf. »Die Arbeit ist anstrengend, du bist ungerecht.« »Ungerecht sagst du? Du weißt doch überhaupt nicht, was das bedeutet!« Sie suhlt sich in Selbstmitleid. »Jeden Tag stehe ich vor dem Spiegel und der ist so gemein zu mir. Er behauptet, alle anderen seien schöner als ich. Die Welt ist ungerecht.« Er greift seine Spitzhacke und geht zur Mine, während das Wehklagen andauert. »Jeden Tag lebe ich voller Entbehrungen in dieser kleinen Hütte, muss auf einem harten Bett schlafen. Und was ist der Dank dafür? Keiner versteht mich!« Inzwischen hat der Wolf die Lichtung erreicht. Das Weinen weckt seine Beschützerinstinkte, neugierig betritt er die Hütte. »Warum weinst du?« »Keiner mag mich. Ich bin so hässlich.« »Das stimmt doch überhaupt nicht.« »Wirklich? Findest du mich schön? Sage mir, wie findest du meine Kette?« Er nickt anerkennend: »Die ist auch schön.« Wütend zischt sie den Spiegel an. »Siehst du? Nur du erkennst das nicht!« Achterbahn der Gefühle, Wimmern und Schluchzen. »Lieber Wolf, die Kette wäre mit größeren Edelsteinen noch schöner und mir würde es besser gehen. In der Nähe ist eine Edelsteinmine. Ein lieber Freund arbeitet dort für mich. Magst du ihm helfen?« Der gutgläubige Wolf macht sich auf den Weg. Zufrieden grinst sie. »Das ist mal ein blöder Wolf. Jetzt habe ich zwei Deppen, die für mich arbeiten. Mir soll es recht sein.« Sie legt sich ins Bett und schläft zufrieden ein. Inzwischen trifft der Wolf auf den erschöpften Zwerg. »Guten Tag, ich bin der Wolf.« »Hallo, ich bin der Zwerg.« Sie grinsen sich kurz an – spontane Freundschaft. »Ich komme, um dem armen Mädchen zu helfen. Sie wünscht sich sehnlichst ein paar Edelsteine.« Fassungslosigkeit: »Armes Mädchen? Dass ich nicht lache! Sie ist eine Lügnerin, faul, gemein und hat sich bei uns eingenistet. Früher waren wir zu siebt, jetzt bin ich allein.« »Wo sind die anderen hin? Waren das auch Zwerge?« »Natürlich waren das Zwerge, oder hast du schon jemals die Geschichte vom Zwerg und seinen sechs großen Freunden gehört? Als wir eines Tages aus der Mine zurückkamen, bemerkten wir, dass jemand in unseren Bettchen geschlafen, von unseren Tellerchen gegessen und aus unseren Becherchen getrunken hat.« Der Wolf meint milde: »Das ist doch nicht schlimm.« »Doch, denn sie hat nicht einen Handschlag dafür getan! Einer nach dem anderen ist abgehauen, nur ich bin übrig. Ich will die Hütte aber nicht aufgeben!« Das mag der Wolf kaum glauben, doch nach seinen jüngsten Erlebnissen ahnt er, dass der Zwerg die Wahrheit spricht. Der Wolf grübelt, dann hat er eine Idee. Fix weiht er den Zwerg ein. Gemeinsam kehren sie zu Schneeröschen zurück, die derweil zum x-ten Mal das Gespräch mit dem Spiegel sucht. »Spieglein, Spieglein an der Wand, wer ist die Schönste im ganzen Land?« »Die Schönste, das seid Ihr, mein liebes Schneeröschen – allerdings nur hier!« »Ach halt doch den Mund!« »Ganz wie Ihr wünscht.« Entschlossen treten die Freunde ein. »Da sind wir wieder.« Schneeröschen wechselt in den Selbstmitleid-Modus. »Meine Güte, habt ihr mich erschreckt! Dabei wollte ich mich eben kurz hinlegen, um von der schweren Arbeit auszuruhen.« Ein überaus freundlicher Zwerg: »Du armes Ding.« Ein nicht minder freundlicher Wolf: »Wie fleißig du doch bist.« Ein misstrauisches Schneeröschen: »Was ist denn mit euch los?« Der Zwerg zeigt ihr zwei kleine Edelsteine. »Die Mine ist erschöpft.« Ein entsetzter Schrei, eine drohende Ohnmacht. Der Wolf flüstert ihr ins linke Ohr. »Ich weiß, wo es große Edelsteine gibt. Weit draußen hinter den Bergen gibt eine prächtige Stadt. Dort sind sogar die Dächer mit Edelsteinen bedeckt.« Ihre Augenlider flackern, sie kommt wieder zu sich. »Wirklich?« Der Zwerg säuselt ins rechte Ohr: »Mein Vater, mein Großvater und mein Urgroßvater haben mir schon davon erzählt. Jeder Zwerg kennt die Geschichte von den Dächern aus Edelsteinen.« Die Gier ist geweckt. »Warum hast du mir nie davon erzählt?« »Du hast mich nie gefragt. Du hast immer nur den Spiegel befragt.« Plötzlich ist sie hellwach. »Na ja, ist jetzt auch egal. Ich muss jedenfalls los. Du kommst sicher ohne mich zurecht, oder?« Der Zwerg mit trauriger Miene: »Auch wenn es schwerfallen wird, ich werde es versuchen.« Und tschüss, weg ist sie. Der Zwerg umarmt den Wolf. »Lieber Freund, ohne dich hätte ich das nie geschafft. Wie kann ich dir danken?« »Mit einer guten Idee! In meinem Wald lebt das Rotkäppchen. Sie ist genauso lästig, wie Schneeröschen es war. Sie und ihre Großmutter lassen mir keine Ruhe. Wie werde ich die nur los?« »Warum frisst du sie nicht einfach auf?« »Ich ernähre mich vegan.« »Wie blöd, egal, erzähl mir alles über sie und sicher fällt mir etwas ein.« Nach intensivem Briefing ruft der Zwerg »Heureka!«, holt eine Flasche Rizinusöl aus der Küche und drückt sie dem Wolf in die Hand. »Verkauf der Großmutter dieses Fläschchen als erlesenen Wein und bald bist du deine Sorgen los.« Da hält den Wolf nichts mehr und nach einem herzlichen Abschied macht er sich auf den Weg.

***

Einige Tage später: Eine von Durchfall gepeinigte Großmutter hetzt durch den Wald und sucht ein ruhiges Plätzchen hinter einem Baum. Urplötzlich schrillt es kreissägenartig durch den Wald. »Großmutter, wo bist du? Du musst deine Medizin nehmen!« »Kind, lass mich doch in Ruhe!« Doch Rotkäppchen ist ganz nah. In blanker Not schließt Großmutter die Augen. »Nein, ich bin nicht da, keiner da, niemand nicht.« Pure Verzweiflung, zu spät. »Da bist du ja, ich habe dich schon überall gesucht. Schau mal, was ich hier habe!« Das Rotkäppchen winkt mit einer Flasche und kommt näher ... näher ... näher ...

***

Ein entspannter Wolf schlendert genüsslich durch seinen Wald ...

***

Eine feuchte Zunge schleckt über Katrins Gesicht, sie dreht den Kopf zur Seite. »Katrin ... wach auf ...« Sie blinzelt in das Licht der Nachttischlampe. »Kind, du musst deine Medizin nehmen.« Langsam wird sie wach, erneut die Zunge. »Ajax, lass das, ihh!« Vorsichtig schaut sie sich um und ist dann erleichtert. »Oma, Ajax, Mann, bin ich froh, euch zu sehen! Oma, du wirst nicht glauben, was ich geträumt habe!«

AUF NIMMERWIEDERSEHEN oder: »Bedenke deine Wünsche gut«

von Geli Grimm

»Das sehe ich überhaupt nicht ein. Das kann jemand anderes machen. Ständig soll ich hinter euch herräumen. Ihr seid alt genug, selbst Verantwortung zu übernehmen.«

Marvin bemerkte, wie seine Mutter an sich halten musste, damit ihre Stimme nicht in hysterisches Gekreische ausartete. Anfälle wie diesen hatte sie zuweilen. Daran hatte er sich gewöhnt. Dieses Mal hielt sie vorwurfsvoll ein nasses Badehandtuch in der Hand und wedelte damit im Takt ihrer Worte herum.

Am besten nicht widersprechen, schuldbewusst abnicken, Besserung geloben und die Wogen würden sich rasch wieder glätten.

Allerdings gab es da ein Problem. Marvin tat sich schwer an dem Part mit dem Nicht-Widersprechen. Alles in ihm sträubte sich gegen die Rolle des reuigen Sünders.

Zumal das Handtuch tatsächlich von ihm achtlos am Boden liegen gelassen worden war.

Marvin wusste nicht, was es war, dass ihn jedes Mal aufs Neue so aufregte. Er wusste nur, dass sein Puls in Sekunden nach oben schnellte in Situationen wie diesen. Nicht, weil er im Rahmen von Mutters Rundumschlag zu Unrecht verdächtigt worden wäre. Das hätte er sogar noch ertragen können.

Schlimmer war es, wenn er sich tatsächlich ertappt fühlte. Und dann bei so etwas Banalem. Ein blödes Handtuch, welches er nach dem Duschen nicht aufgehangen oder im Wäschekorb verschwinden lassen hatte. Ein *verschissenes* Handtuch, welches er achtlos auf dem Boden hat liegen lassen. Obwohl er wusste, wie sehr seine Mutter so etwas hasste. Wieder einmal hatte Marvin ihr einen Grund geliefert, sie zu verärgern. Und das ärgerte *ihn.*

»Na klasse! Als wenn ich hier gar nichts tun würde. Aber gut, wenn es das ist, was du willst, dann mache ich ab heute mal wirklich gar nichts mehr«, schnappte der Teenager und blickte seiner Mutter mit einem vor Testosteron sprühenden Blick entgegen.

Mit Genugtuung stellte Marvin fest, wie seine Mutter nach Luft schnappte und sich seine jüngeren Geschwister aus der Schusslinie brachten. Erst zu spät fiel ihm ein, dass sich das Gewitter nun einzig über ihm entladen würde.

Dem musste er zuvorkommen.

»Ach komm«, griff der 17-Jährige seiner Mutter vor, als er sah, wie sich ihre Schultern strafften und sie zu einer Standpauke ansetzen wollte. »In spätestens einem Jahr bist du mich eh los. Dann brauchst du dich nicht mehr über deinen nichtsnutzigen Sohn aufregen.« Sprach's, drehte seiner Mutter den Rücken zu und verschwand – lautstark mit der Tür knallend – in seinem Zimmer.

Da es sich um eine der typischen 08/15-Zimmertüren handelte, konnte er seine Mutter hinter dieser aufseufzen und vor sich hinfluchen hören.

»Was soll ich bloß mit diesem Burschen anstellen? Genauso starrsinnig und weltfremd wie sein Vater.«

Ehe noch mehr Ungewolltes über seinen verstorbenen Vater an seine Ohren dringen konnte, legte Marvin seine neueste CD in den Player. Die Musik seiner Lieblingsband würde ihn beruhigen. Er merkte, wie heftig sein Puls schlug. Er spürte immer noch den Drang, etwas zerstören zu wollen. Doch er kontrollierte sich.

Diesmal würde er auf nichts einschlagen. Nicht gegen die Wand, nicht gegen den Schrank, nicht gegen die Tür. Er hatte sich im Griff – noch!

Erst als die ersten Klänge aus den Boxen drangen, beruhigte sich auch seine Atmung. Er wusste, die Lautstärke würde seine Mutter provozieren. Und auch die Nachbarn. Doch darauf konnte er keine Rücksicht nehmen. Die Musik war es, die ihm den nötigen Halt gab.

Nachdem Marvin seine Mutter für den Rest des Tages gemieden hatte, waren sie nur noch einmal zum Abendessen aufeinandergetroffen. Trotzig hatte er den Teller in sein Zimmer geholt und an seinem Frust ebenso verbissen geknabbert wie an den Spareribs – *seinem Lieblingsessen* –, welche seine Mutter zubereitet hatte.

Schwach erinnerte sich Marvin, diesen Wunsch am Tag zuvor beiläufig geäußert zu haben, wie ‚*geil*' es wäre, mal wieder Spareribs zu essen.

Egal. Er würde sich nicht länger gängeln lassen. Warum überhaupt sollte er noch warten, bis er volljährig wurde, um auszuziehen? Mit seinem Lehrgehalt und dem, was ihm sein Nebenjob einbrachte, würde er über die Runden kommen. Mehr als einmal hatte er nach einer bezahlbaren Unterkunft gesucht. Vom WG-Zimmer bis hin zu einer mickrigen Bude – *in zugegeben mitunter zwielichtiger Gegend* – reichten die Möglichkeiten. Und wenn seine Mutter ihm dann noch sein Kindergeld zukommen ließ, könnte er bis zum Abschluss seiner Ausbildung ganz gut über die Runden kommen.

Genau. Das würde er tun. Er würde sich eine Wohnung oder ein WG-Zimmer suchen und hier ausziehen. Dann würde er all diesen Streit und den Stress nicht mehr ertragen müssen. Wäre sein eigener Herr.

Zum ersten Mal seit Langem lächelte Marvin von Herzen. Sein Plan stand fest. Gleich morgen früh würde er seine Mutter von seiner Entscheidung in Kenntnis setzen. Besser, wenn er dann schon einige Fakten vorweisen konnte.

Am nächsten Morgen präsentierte Marvin seiner Mutter das Ergebnis der nächtlichen Internetrecherche. Drei akzeptable Wohnungsangebote in der Nähe seines Ausbildungsplatzes waren darunter. Zwei davon in einer Wohngemeinschaft.

»Hier, guck mal. Das hier klingt richtig vielversprechend. Ich würde zwei Zimmer bekommen. Beide zwar nicht sonderlich groß, aber immerhin hätte ich ein Schlafzimmer und einen Wohnraum für mich. Es gibt eine große Gemeinschaftsküche, ein Bad und ein Gästeklo. Das heißt, ich brauche kein schlechtes Gewissen haben, wenn ich mal in der Wanne versacke. Eine Badewanne haben die nämlich auch«, platzte der Heranwachsende leidenschaftlich heraus. Ohne Rücksicht darauf, ob seine Mutter die Neuigkeit überhaupt schon verdaut hatte. »Und das Ganze zu einem Preis, dass mir noch rund 400 Euro zum Leben bleiben.«

»Und ... und du hast die Nebenkosten bereits mit eingerechnet? Telefon, Strom, Versicherungen, Zugticket ...?«

Marvins Unterbewusstsein nahm die alarmierenden Signale bereits wahr, während seine Begeisterung noch die Oberhand behielt. Noch überdeckte die Vorfreude sein gewohntes Verhaltensmuster der Offensive.

»Ja klar. Die Bude wird warm und inklusive aller Nebenkosten vermietet. Selbst Telefon und Internet sind inklusive. Und wenn du ..., also ich meine, wenn ich dann noch das Kindergeld von dir bekomme, weil ich ja nicht mehr hier wohne und so ..., also ich meine, dann wird das alles erst recht richtig easy.«

»Du ziehst aus?« – »Wohnst du dann nicht mehr hier?« – »Cool! Bekomme ich dann Marvins Zimmer, Mama?« – »Ich will aber nicht alleine schlafen.«

Marvins Geschwister plapperten aufgeregt durcheinander. Und seine Mutter umklammerte so krampfhaft ihre Teetasse, dass ihre Adern hervortraten.

Das war der Zeitpunkt, als Marvin auch das Entsetzen im Blick seiner Mutter wahrnahm. Und ihm dämmerte, dass er sie vielleicht ein wenig zu euphorisch mit seinen jüngsten Plänen überfallen hatte.

Mist. Wieder einmal hatte er sie enttäuscht. Er spürte, wie seine Adrenalinproduktion anstieg.

»Nun, wenn du dir sicher bist, dann sollten wir uns die WG vielleicht wirklich einmal angucken. Hast du die schon ... kontaktiert?«

In Marvin grummelte es. Er sah die vor Anstrengung hervorgetretenen Sehnen an den Händen seiner Mutter und wartete nur darauf, dass die Tasse dem Druck nachgab und zersplitterte. Und er hörte ihren Tonfall. Betont gelassen.

Wie er es hasste. Deutlicher konnte sie ihm nicht signalisieren, wie zuwider ihr seine Entscheidung war. Egal, was er anstellte. Nie genügte es ihren Ansprüchen. Egal, was er tat. Sie fand immer etwas zu beanstanden. Wie er es hasste.

»Was? WAS passt dir daran nicht? Eigentlich sollte es dich doch freuen. Endlich kannst du mit den Kleinen *Friede, Freude, Eierkuchen* spielen. Das schwarze Schaf der Familie räumt das Feld. Keiner mehr da, der den Familienfrieden stört.«

In dem Moment, als er seine Worte ausgesprochen hatte erkannte Marvin, dass er eine Grenze überschritten hatte. Er bemerkte es an den Gesichtszügen seiner Mutter, wie sie mit einem Mal desillusioniert in sich zusammen sackten. Und er spürte den kräftigen Schlag mit der Faust auf den Tisch mehr, als dass er ihn sah. Ebenso wie seine jüngeren Geschwister zuckte er zusammen, als das Geschirr erzitterte und seine Mutter zu ihrer Standpauke ansetzte.

»Himmel, Arsch und Zwirn! *ES REICHT!* Wann begreifst du endlich, dass sich der Kosmos nicht um dich dreht? Dass du nur ein Teil davon, ein winziges Rädchen bist? Du willst ausziehen, weil du dich hier missverstanden und unfair behandelt fühlst? Du meinst, auf eigenen Füßen stehen zu können? Gut. Ich war ebenfalls 17 Jahre, als ich bei meinen Eltern ausgezogen bin. Warum nicht?

Sicher, ich bin nicht begeistert. Aber ich akzeptiere deine Entscheidung. Du bist alt genug. Nur höre endlich auf, dich als Märtyrer darzustellen. Denn das bist du nicht.«

Marvin ließ seine Faust ebenfalls auf den Tisch niedersausen, das Geschirr erzitterte erneut. Und sein jüngster Bruder brach in Tränen aus. Doch das störte ihn nicht. Er spürte seinen vertrauten und verhassten Kontrollverlust. Obwohl er es eigentlich nicht wollte, brauste Marvin ebenfalls auf.

»Märtyrer? Das ich nicht lache. Die Nummer hast du doch viel besser drauf. *Ach, ich arme, arme Frau. Was habe ich getan, mit derart undankbaren Kindern gestraft zu sein?*«

Marvin hatte sich in Rage geredet und stand abrupt auf. »Mir reicht's. Ich haue ab. Wenn was ist, findest du mich bei Matze. Der nimmt mich wenigstens so, wie ich bin. Und sobald ich eine Bude habe, hole ich meine Klamotten hier raus. Dann hast du endlich dein lang ersehntes Arbeitszimmer. *Tschüssikowski!*«

Wutentbrannt sammelte Marvin seine wichtigsten Sachen zusammen, ehe er seinem Heim gefrustet den Rücken kehrte. Er hoffte, dass er nicht zu hoch gepokert hatte und Matze ihn wirklich aufnahm. Und er hoffte, dass das mit der WG klappen würde.

Als Marvin seine Sachen gepackt hatte, trat er auf seine Mutter zu, überreichte ihr den Haustürschlüssel und holte zu einem letzten, vernichtenden Schlag aus: »Weißt du was? Ich wünschte, ich wäre tot. Dann würde es euch allen so viel besser gehen. Auf Nimmerwiedersehen!«

Mit diesen Worten und derart in seine Verdrossenheit versunken verließ Marvin das Haus, ging blindlings auf die Straße zu.

***

»Verdammte Scheiße ... Bin ich das?«

Während Marvin noch fassungslos auf das blutige Etwas unter dem LKW starrte, räusperte sich die Gestalt neben ihm zustimmend.

»Könnte man sagen. Zumindest das, was von dir übrig geblieben ist.«

»Aber ... aber ... wieso? Ich meine ... Ich bin doch noch viel zu jung zum Sterben. Ich wollte doch gerade erst mit meinem Leben anfangen ...«

Die Gestalt neben Marvins feinstofflicher Erscheinung zuckte mit den Schultern.

»Frage mich nicht. Ich bin nur ein Seelensammler. Warum und wann jemand sterben muss, die Entscheidung obliegt einem anderen. Ich mache nur meinen Job.

Aber ich habe läuten hören, dass du dir gewünscht hast, tot zu sein?«

»Ach komm ... hör auf. Das war doch nur ein dummer Spruch. Und das hier ist doch bestimmt auch nur ein übler Traum oder so?«

Mit Zweifel in der Stimme und im Blick besah sich Marvin die Szenerie beim Lastwagen.

Seine Mutter war aus dem Haus gelaufen gekommen. Weinend kniete sie vor ihm ... Nun ja, vor dem, was er gewesen war, bevor der Lastwagen ...

Irgendjemand hatte den Rettungswagen gerufen. Auch die Polizei war inzwischen vor Ort. Es gab eine Menge Blaulicht.

»Hey! Ich kenne das. Meine Mutter hat mich einmal gezwungen, diesen Film zu gucken. Da taucht dieser Engel auf. *Clarence.* Der will sich seine Flügel verdienen. Und er erfüllt diesem Typen seinen Wunsch, niemals geboren zu sein. Und der Typ guckt sich das alles an, wie es ohne ihn gelaufen wäre. Ist bis in seine Grundfeste erschüttert, hat seine Lektion gelernt und mit einem Schnipp ist alles wieder gut.«

Die Gestalt neben Marvin lächelte. »Ja, so ist das in Filmen.«

»Was meinst du ... Können wir das Prozedere nicht einfach abkürzen? Ich zeige mich reumütig, du schnippst und alles ist wie vorher? Ich meine, ich habe das doch alles nicht so gemeint.«

»Nein, es tut mir wirklich leid. Aber das hier, das ist endgültig. Oder um es mit deinen Worten zu sagen: *Tschüssikowski – auf Nimmerwiedersehen!*«

Flügelschlag

von Ragnar Guba

Aufgestiegen in die Lüfte,
hoch nach oben, immer weiter.
Hat der Tag so schön begonnen,
Sonnenschein ist immer heiter.

Reden über das Erlebte,
lachend stimmt so mancher ein.
Viele Bilder sind geschossen
und auf dem Weg ins traute Heim.

Plötzlich doch ist alles anders,
Schwingen hören einfach auf.
Und der Sturz geht in die Tiefe,
Unheil nimmt nun seinen Lauf.

Nicht mehr denken, nur noch beten.
Doch was kann man nun noch tun?
Viele Bilder zieh'n vorüber,
lassen keinen jetzt mehr ruh'n.

Der Tag bleibt heiter, wie er war,
weiter geht der Sonnenschein.
Die Nachricht zieht durch alle Länder,
nichts wird mehr wie früher sein.

Kinderseelen zieh'n zum Himmel,
finden ihren Frieden dort.
Kinderseelen unvergessen
leben in den Herzen fort.

Die ganze Welt ist wie erschüttert,
es strahlen Lichter über Lichter.
Das „WARUM“ kann keiner sagen
und es gibt auch keinen Richter.

Wie ein Flügelschlag des Lebens,
er war kurz und nun vorbei.
Und all eure lieben Menschen
wünschen euch so sehr herbei.

Lasst uns beten, lasst uns danken,
dass ihr ward in uns'rem Leben.
Und eines Tages, ich bin sicher,
wird's ein Wiedersehen geben.

25. März 2015

(In Gedenken an die Schüler-Opfer des Germanwings-Flugzeugabsturzes im März 2015)

Gezeitenwechsel

von Anke Höhl-Kayser

Tunnelblick Autobahn. Die Landschaft huscht vorbei: Waldsäume in Feuerfarben. Ich atme tief die würzige Luft ein, die durch Bernds halb geöffnetes Fenster dringt, während jede Erschütterung Schmerzwellen durch mein Rückgrat jagt. Rike ist zum ersten Mal seit drei Stunden entspannter, weil Bernd gerade mal still ist. Aber das dauert nie lang.

»Das ist die beknackteste Idee des Jahrhunderts«, verkündet mein Schwiegersohn zum zwanzigsten Mal. »Rike, was machen wir, wenn die Alte auf der Fahrt abkackt? Guck dir die doch mal an.«

Seine Augen im Rückspiegel ruhen auf mir. Ich zwinkere ihm zu: »Verzeihen Sie, schöner Herr, ich bin anwesend.« Eine Ader auf seiner Stirn beginnt zu pochen.

Meine Tochter klappt die Sonnenblende mit dem Schminkspiegel herunter. Sie begutachten mich beide. Rike schaut besorgt drein.

»Ich finde, sie sieht ganz normal aus. – Wie geht es dir, Oma?«

›Oma‹ heiße ich seit Geburt meiner Enkelkinder. Ich würde so gern aus Rikes Mund wieder Mama hören.

»Mir geht es gut, Rike.«

»Die lügt doch!« Bernd hält mich nicht für taub, er ist nur unverschämt. »Die ist mehr tot als lebendig!«

Rike klappt wütend die Sonnenblende wieder hoch.

»Wir ziehen das jetzt durch!«

»Ich kann die nicht hochheben, ich hab es im Rücken«, nölt Bernd. »Na ja, ist deine Mutter, du hast ihr den Floh ins Ohr gesetzt. Dann sieh zu, dass es klappt.«

Als Rike vor fünfundzwanzig Jahren mit diesem Mann ankam, wusste ich auf Anhieb, dass wir beide keine Freunde werden würden. Warum ich dann in seinem Auto sitze? Weil Rike mir zum achtzigsten Geburtstag einen Gutschein für einen Herzenswunsch geschenkt hat.

Ich möchte noch ein letztes Mal ans Meer.

Ich bin eigentlich schon tot. Ich habe Leukämie im Endstadium, ich hatte vor vier Jahren einen Schlaganfall und vor drei Jahren einen Herzinfarkt, ich habe einen Herzschrittmacher, ich sitze im Rollstuhl, ich habe einen künstlichen Darmausgang und einen Blasenkatheter. Nur mein Gehirn funktioniert bestens. Dumm gelaufen. Es wäre schöner, wenn ich Bernds Gequatsche nicht begreifen müsste.

»Am nächsten Rastplatz fahr ich raus«, verkündet er unheilschwanger. »Ich muss pinkeln.«

Rike dreht sich zu mir um. Ich sehe ihre peinlich berührte Miene und lächle ihr ermutigend zu.

»Alles wird gut«, sage ich.

»Nur noch ein paar Stunden«, tröstet mich meine Tochter. Früher habe ich so mit ihr gesprochen. Wie sich die Bilder gleichen.

Bernd macht seine Ankündigung bei der nächsten Autobahntankstelle wahr. Auf dem Parkplatz beim Restaurant legt er eine Vollbremsung hin. Mein Rücken verglüht in einer Schmerzexplosion. Das ist ja nichts Neues: Er ist ein Armleuchter.

Rike will unbedingt eine Pause im Restaurant einlegen. Der beißende Uringeruch von den Toiletten dringt herüber, ich habe überhaupt keine Lust auf einen Kaffee, ich will nur ans Meer. Aber meine Tochter scheint zu glauben, es würde mir damit besser gehen.

Bernd kann selbstverständlich nicht mit anpacken. Er hat ja Rücken. Der hundertvierzig Kilo schwere Zwei-Meter-Klotz lässt seine winzige Frau die Oma allein in den Rollstuhl stemmen. Ich habe Gewaltfantasien und möchte ihm ein Loch in sein selbstgefälliges Grinsen schlagen.

Im Autobahnrestaurant ist es brechend voll.

Der Gang zwischen Kuchentheke und Sitzgruppen ist schmal. Rike bleibt mit dem Rolli dauernd hängen, entschuldigt sich gebetsmühlenartig, wenn die Köpfe fragend herumfliegen. Auf einmal Gedrängel hinter uns: »Kannich ma' durch?«

Der Typ ist Anfang zwanzig, so ein austauschbarer Dreitagebartjüngling mit Piercings und Tattoos. Er drückt Rike mit dem Rollstuhl vorwärts.

Meine Tochter versucht, Platz zu machen. Doch wohin? Nach vorn kommen wir nur langsam voran, von hinten dräut der Jüngling. Kein Seitwärts. In Luft auflösen wäre die einzige Alternative.

Ich sehe dem jungen Kerl von unten in die Augen.

»Wenn Sie sich auskotzen möchten, die Toiletten sind hinter Ihnen.«

»Ey, Alte …«

Er kommt nicht weiter. Bernd türmt sich über ihm auf.

»Das is'n Rollstuhl. Ich helf dir gern, in so einen reinzukommen, wenn du weiter die Klappe aufreißt.«

Der Jungspund tritt kommentarlos beiseite.

Was ist passiert? Hat irgendjemand Bernd gegen seinen netten Zwilling ausgetauscht?

Als wir am Tisch sitzen, belehrt er uns zufrieden: »Die jungen Leute heute haben einfach keine Manieren mehr.« Ich verschlucke mich vor Lachen beinahe am Kaffee. Wem sagt er das!

Drei Stunden später stehen wir im Stau vor dem Elbtunnel. Ich lasse die Blicke über die Hafenanlagen schweifen: der blaue Himmel über der Elbe, die Container und Kräne.

Ich atme gleichmäßig gegen den Schmerz. Ein, aus, ein, aus.

Erinnerungen. Rike und ihre Schwester haben früher immer bei der Durchfahrt der Tunnelröhre den gelbgefliesten Pfeil gesucht, der die tiefste Stelle unter der Elbe markierte. Das war eins der Highlights der Fahrt. Jetzt suche ich die Markierung vergebens, der Tunnel ist renoviert.

Es wird wieder hell, wir sind durch. Rechts und links der A7 flache Landschaft. Darüber ein flirrend blauer Himmel mit Wolkengebirgen.

Duft von Salz in der Luft, Geruch nach Tang. Mein Puls brandet im Wellenschlag gegen die Rippen. Zwei Stunden noch bis zum Hindenburgdamm. Ich rede mir selbst gut zu. Durchhalten.

Vorn herrscht wohltuendes Schweigen. Bernd hat das Radio eingeschaltet, NDR 2, »das Beste am Norden«. Ein paar schöne Oldies. *Dream a little dream of me* lässt mich die Schmerzen für drei Minuten vergessen. Rike summt mit, das war ihr Lieblingslied, als sie elf war. Die Landschaft rauscht an den Autofenstern vorbei. Meer, ich will zu dir!

Whatever you want, antworten mir Status Quo aus den Lautsprechern.

Die Schilder am Autobahnseitenstreifen kündigen die dänische Grenze an. Wir sind ganz nah an der Abfahrt auf die Landstraße. Nur noch vierzig Kilometer.

Eine weitere Erinnerung: Frank und ich in unserem ersten Auto, einem gebrauchten 55er Opel Kapitän. Seine Rechte auf meiner Linken, unser beider Hände auf dem Schaltknüppel. Der Kapitän war ein schnelles Auto, wir flogen hin zum Meer.

Abbiegen auf die Landstraße. Ebbe im Kopf. Es geht nicht mehr. Ich durchwühle die Handtasche, drücke gleich zwei Dragees aus dem Blister und verberge sie in meiner Hand. Ich bitte Rike um einen Schluck Wasser. Rike dreht sich fragend um, händigt mir wortlos die Flasche aus.

Bernd betrachtet mich wieder im Rückspiegel.

»Geht's noch, Oma?«

Will er wissen, ob ich noch alle beieinanderhabe?

»Es geht noch, Bernd, danke der Nachfrage.«

Aber das stimmt nicht. Ich halte es kaum noch aus. Vor uns schleichen Autos daher, deren Fahrer anscheinend Sightseeing machen, oder Traktoren mit dem 30 km/h-Höchstgeschwindigkeitsschild. Leute, das Ticken, das ihr hört, ist meine herunterzählende Lebenszeit. Mein Rücken und meine Hüfte glühen wie bei einem Spanferkel über dem Rost, und wahrscheinlich hat mein Katheter einen Knick, denn meine Blase fühlt sich so an, als würde sie gleich platzen. Ich will ans Meer!

Niebüll. Hier hat sich viel verändert, angepasst an die Automassen, die zur Ferienzeit verladen werden. Jetzt ist alles leer. Wir fahren durch auf den wartenden Zug.

Ich lasse das Fenster herunter, inhaliere den Salzduft. Dazu nasser Sandboden, das harzige Aroma der Kiefernnadeln. Ich blinzle gegen die Tränen an. Ich bin auf einer Zeitreise, zwanzig, dreißig, vierzig Jahre zurück, auf einmal tut nichts mehr weh. Die Bilder wie eine Springflut – Jahr um Jahr, die Freude, wenn wir es bis hier geschafft hatten, wenn der Wagen auf dem Zug stand. Hier waren wir praktisch am Ende der Reise angekommen, hier begann der Urlaub. Die Kinder lösten die Gurte, waren auf einmal ganz eins miteinander, verteilten an den Hund Chips und Minisalamis, die Fenster wurden heruntergekurbelt und »Sylt, wir kommen!« gebrüllt.

Der Zug fährt los. Er fährt sanfter als in früheren Jahren, aber er rüttelt genug, dass zwischen den Erinnerungen die Stichflamme meiner Schmerzen aufschießt. Damit kann ich mich jetzt nicht aufhalten. Ich sauge die Bilder in mich auf.

Eine lange Strecke über Land. Der feste Grund weicht zurück, geht in eine weite Ebene über. Nassglänzender Schlick, in dem sich der blaue Himmel mit seinen Wolkenmassiven spiegelt. Fast Meer!

Und dann ist das Wattenmeer da, in Plätscherwellen spielt es an den schwarzen Steinen des Damms, tut harmlos, als gebe es die Winterstürme nicht.

In der Ferne sehe ich die Insel auftauchen. Nösse mit seinen grünbunten Wiesen und seinen Kiefernwäldchen. Ich bin wieder hier.

Ich lege Rike die Hand auf die Schulter und drücke stumm vor Dankbarkeit zu. Jetzt möchte ich selbst Bernd umarmen, der eine Dose Bier aufreißt: »Na, Oma, haben wir's doch nochmal geschafft, was?«

Die barrierefreie Ferienwohnung liegt am Rand von Wenningstedt. Ein reetgedecktes Haus, ein Garten mit Friesenwall, auf dem noch die Wildrosen blühen. Ein Hauch von Lila dazwischen, das Heidekraut weiß noch nicht, dass der Sommer vorüber ist.

Ich will ans Meer, aber mein Körper nicht. Als Rike mich aus dem Auto gewuchtet und den Rolli in die Wohnung geschoben hat, ist klar: Es geht nicht weiter. Eine halbe Stunde gestatte ich mir und stelle mir den Wecker.

Vom Rollstuhl aufs Bett. Ich liege noch nicht ganz, da umfängt mich Schwärze. Ich werde wach wie aus einer Ohnmacht von Bernds Gebrüll vor dem Haus. Den Wecker habe ich nicht gehört. Mein Schwiegersohn hat sich schon mit den Nachbarn angefreundet: »Lassen Sie Ihren Scheißköter gefälligst woanders kacken!«

Zum ersten Mal bin ich froh über sein Theater: Ohne sein Geschrei hätte ich den Sonnenuntergang verschlafen. Der Himmel vor meinem Schlafzimmerfenster ist schon mit rosa Streifen übergossen, die Wolken sind orangefarben, und das Blau hat sich mit einem pastellenen Grau durchsetzt. Ich muss mich beeilen!

Ich setze mich auf, kann mich kaum bewegen. Ich spüre meine Füße nicht. Mein Herz stolpert gegen den Schrittmacher an. Wadenkrämpfe. Ich kann den Aufschrei nicht unterdrücken. Rike eilt an mein Bett: »Um Himmels willen, Oma!« Das lässt Rückschlüsse auf mein Aussehen zu. Ich beiße die Zähne zusammen.

»Rike, du hast mich bis hierhin gebracht, jetzt ist es nur noch ein winziges Stück!«

Sie nickt.

Bernd schimpft, dass es Abendessenszeit ist, aber Rike würdigt ihn keines Blickes. Sie zieht mir eine frische Bluse an, legt mir die Halskette um, die sie mir vor Jahren geschenkt hat, und frisiert mich so ausgiebig, dass ich ungeduldig werde. Mein Herz spielt Himmel-und-Hölle-Hüpfen, trotzdem lasse ich Rike gewähren. Sie macht mich schön für meinen besten Freund, das Meer.

Das Sitzen im Rollstuhl ist nicht auszuhalten. Ich nehme nochmal zwei Schmerztabletten, als Rike nicht hinsieht. Das ist das Vierfache der erlaubten Dosis. Wäre schön, wenn es jetzt wirken würde. Rike schiebt den Rolli durch die Seestraße zum Kliff. Hier sind noch viele Leute unterwegs. Der schöne Abend lockt die Menschen zum Meer. Der Wind ist aufgefrischt und kühl, er pfeift mir frech um die Ohren, verwuschelt meine von Rike liebevoll gerichtete Frisur.

Kliffkante. An der Holzbrüstung stellt Rike den Rolli ab. Bis runter geht es mit dem Rollstuhl nicht. Die Räder würden im Sand blockieren. Ich bin körperlos, schmerzlos, bestehe nur noch aus Augen, ich spüre nichts mehr außer dem gleichmäßigen Schlag der Wellen ans Ufer, mit dem sich mein Herzschlag synchronisiert.

Das Meer ist anthrazitgrau, die Brandung in glasigem Grün. Am Horizont, wo ein letztes bisschen Sonne versinkt, liegt ein Lichtstreifen über dem Wasser. Der Wind bürstet kleine gischtige Kämme hinein, beatmet mich, so tief habe ich seit Jahren nicht mehr durchatmen können. Über mir kreist eine Möwe, schreit lockend, schaut sich nach mir um, als sie über das Meer davon gleitet. Ich soll ihr folgen. Einen Augenblick lang schwebe ich, auf Möwenflügeln, über dem Strand, dann werde ich unsanft in meinen Körper zurückgerissen. Jemand rüttelt mich an der Schulter: »Mensch Oma! Bist du ohnmächtig?«

Bernd. Idiot.

»Die muss sofort wieder ins Haus!«, keift er.

Rike scheint seiner Meinung zu sein, denn der Rolli wird gedreht.

»Nein«, protestiere ich. Gott, klingt das schwach. »Nein, bitte nicht. Bitte. Ich muss ans Meer. Bitte.«

»Du bist am Meer, Oma.«

»Nein, nein, Bernd, runter, runter an den Strand. Bitte. Bitte!«

Er flucht. Ich gestehe ihm das zu. Er hat mich ans Meer gebracht. Wenn er mich bis ganz runter bringt, darf er noch mehr fluchen.

Er diskutiert mit Rike. Ich höre nur Wortfetzen. Auf einmal fühle ich mich hochgehoben wie eine Feder. Ja, Bernd und sein Rücken. Ich bin so nah an seinem rotgeäderten feisten Gesicht, wie ich niemals sein wollte, und ich bin ihm dankbar. Er steigt mit mir die Treppe hinunter, die vielen Stufen, dann mühsam durch den weichen Sand. Er schnauft wie ein Walross, ab und zu richtet er seine Glubschaugen auf mich, aber er schweigt, und auch dafür bin ich ihm dankbar.

Spaziergänger starren uns an.

»Was glotzt ihr so?«, faucht Bernd. Dann sind wir da. Am Meer.

»Setzen«, bringe ich hervor. »In den Sand.«

Bernd setzt mich ab, stellt sich hinter mich, stabilisiert meinen Rücken mit seinen Beinen. Auflaufendes Wasser. Eine Welle sprudelt auf mich zu, berührt mich, kalt, perlend, wie Champagner. Mir wird schwarz vor Augen, aber dann ist da wieder eine Welle, umarmt mich wie eine lange vermisste Freundin. Bernd flucht, seine Schuhe sind nass geworden, aber er bleibt stehen.

Die Sonne ist untergegangen. Dunkel. Ich sehe Rike, manchmal, zwischen zwei Lidschlägen, sie kniet neben mir und hält meine Hand.

»Mama«, sagt sie.

Ich würde ihr die Tränen gern wegwischen. Vielleicht sieht sie, wie ich lächle. Die Umarmung des Meeres setzt den Punkt. Die Flut ist vorüber. Der Ruf der Möwe: Gezeitenwechsel. Ich werde schwerelos. Alle Fragen sind beantwortet. Mein Leben war ein Ozean: stetige Bewegung und unterschiedlich hoher Seegang. Ich bin unter Wellen getaucht, durch Stürme geschwommen und habe die Gezeiten kommen und gehen lassen. Danke, Leben, für alles – auch für Bernd.

Meine Finger rutschen aus Rikes Hand. Alles ist gut.

Das Meer lockt mich fort. Ablaufendes Wasser: Zeit, zu gehen.

Loslassen kann so schmerzhaft sein!

Von Susanne Horn

Heute hast Du die einmalige Möglichkeit, Anneliese, eine ältere, kranke Frau auf ihrer letzten Reise zu begleiten. Versetze Dich in ihre Lage und es werden viele Emotionen auf Dich einstürzen.

***

Und nun geht es auch schon los: Mein Name ist Anneliese und ich bin seit 75 Jahren auf dieser Welt. Wenn ich geahnt hätte, wie lange und beschwerlich die Wegstrecke meines letztens Lebensabschnitts sein wird, hätte ich mein irdisches Dasein vorzeitig selbst beendet. Alles begann mit dem unerwarteten Tod meiner Eltern. Ich verlor meine Mutter und meinen Vater innerhalb weniger Tage an den Folgen eines tragischen Autounfalls.

Durch den schmerzhaften Verlust und die tiefe Trauer machte ich mir längere Zeit Gedanken über den Ablauf meiner persönlichen Lebensuhr. Wann und wie wird sie aufhören zu schlagen? Kann ich Einfluss auf mein Lebensende nehmen? Was ist mir persönlich wichtig?

Ich möchte auf gar keinen Fall leiden und so lange wie möglich ein selbstbestimmtes Leben führen. Ich möchte an keine lebensverlängernde Maschine angeschlossen werden oder auf Dauer eine künstliche Ernährung erhalten, wenn es keine Aussicht auf Genesung gibt.

Sobald ich geistig nicht mehr fit bin oder mich nicht mehr gegenüber meinen Mitmenschen verständlich machen kann, möchte ich, dass nichts unternommen wird, was diesen aussichtslosen Zustand verlängert. Ich möchte keine Wiederbelebung und keine lebensverlängernden Medikamente. Ich möchte niemals als Geist in meinem eignen Körper leben.

Damit meine Wünsche und Vorstellungen umgesetzt werden können, habe ich gemeinsam mit meinem Hausarzt eine detaillierte Patientenverfügung ausgearbeitet.

Nach Rücksprache mit meinem Ehemann Friedrich habe ich ihn als meinen Bevollmächtigten eingetragen. Er wird dafür sorgen, dass meine Behandlungswünsche und Lebensvorstellungen für die letzte Reise tatsächlich umgesetzt werden.

Mit dieser schriftlichen Absicherung fühle ich mich beruhigt. Ich habe alles in meiner Macht stehende getan, um einen langen, schmerzvollen Leidensweg zu vermeiden und würdevoll aus diesem Leben zu scheiden.

***

So dachte ich zumindest bis vor wenigen Wochen. Mittlerweile bin ich eines Besseren belehrt worden. Mein Gesundheitszustand sieht derzeit so aus:

Mein Schilddrüsenkrebs wurde zweimal operiert und mit einer Chemotherapie behandelt. Kaum war dies halbwegs ausgestanden, folgte eine Brustkrebserkrankung, die derzeit mit Chemotabletten therapiert wird. Bis zu diesem Zeitpunkt führte ich ein selbstbestimmtes Leben.

Dies änderte sich schlagartig nach drei schweren Schlaganfällen. Ab diesem Zeitpunkt ist mein Leben weder lebenswert noch selbstbestimmt.

Was ist aus meiner Patientenverfügung geworden? Warum lässt mein Mann dies alles zu? Mein Krankheitszustand ist mehr als eindeutig. Warum hat niemand den Anstand, meine Wünsche umzusetzen?

Mein Leben besteht nur noch aus Schmerzen und Qualen. Ich bin ans Bett gefesselt und kann nicht mehr sprechen. Ich kann weder selbstständig essen noch trinken. Die Ernährung und die Flüssigkeitszuführung erfolgen durch eine Magensonde. Ich erhalte diese Nahrung, ob ich Hunger habe oder nicht.

Keiner ahnt, wie schlecht es mir nach der täglichen Einnahme der Chemotablette geht. Ich bin hilflos allen Taten und Gesprächen meiner Familie, den Ärzten und dem pflegenden Personal ausgeliefert.

Meine Familienmitglieder und das Pflegepersonal versuchen vergeblich, an meinem Gesichtsausdruck abzulesen, was ich möchte. Ich bin zur Bewegungsunfähigkeit verdammt. Eine Fliege in meinem Gesicht kann mich zur bewegungslosen Weißglut bringen.

***

Einige Wochen später.

Mein Ehemann Friedrich drangsaliert mich seit geraumer Zeit mit der Aufnahme von fester Nahrung. Seit einigen Tagen hat er seinen Willen. Mein Schluckreflex funktioniert wieder einigermaßen. Nun muss ich noch mehr Nahrung zu mir nehmen. Mein Körpergewicht nimmt beharrlich zu, trotz meiner verdammten Unbeweglichkeit. Therapeuten versuchen meine Gelenke mit lästigen und schmerzhaften Übungen beweglich zu erhalten. Diesem Sportprogramm kann ich mich zu keiner Zeit entziehen. Warum tut ihr mir das an?

Die verflixte Magensonde verursacht mir zusätzliche Qualen. Trotz normaler Nahrungsaufnahme wird diese nicht entfernt. Die Sonde könnte noch gebraucht werden, um mein Leben weiterhin um qualvolle Tage, Wochen oder Monate zu verlängern. Immer wieder bleibt das Pflegepersonal bei der spärlichen Körperpflege daran hängen. Dies ist unangenehm und vor allem schmerzhaft. Natürlich muss so eine Magensonde in bestimmten Abständen ausgetauscht werden, beziehungsweise liegt bei mir eine Entzündung durch das häufige Hängenbleiben vor. Als Zusatzbonus bekomme ich nun einen Krankenhausaufenthalt spendiert, der mir eine neue Magensonde garantiert.

Würde sich mein Ehemann gegen diese Behandlung aussprechen, wäre er laut Aussage des diensthabenden Arztes für meinen qualvollen Hungertod verantwortlich.

Verdammt noch einmal, warum schickt man die Ärzte nicht auf entsprechende Fortbildungen? Dann wüssten sie, dass man in meinem Stadium keine Nahrung mehr braucht!

Ich benötige Medikamente, die mir die unerträglichen Schmerzen nehmen. Der Rest würde von meinem eignen Körper übernommen!

In meiner beschissenen Situation hat mein Körper keine Chance, seine lebenswichtigen Funktionen einzustellen. Die verabreichten Medikamente wissen dies zu verhindern.

Ein weiterer Fremdkörper, der mir Schmerzen verursacht, ist mein Blasenkatheter. Es kommt immer wieder zu schmerzhaften Harnwegsinfektionen, die im Anfangsstadium für die Außenwelt unbemerkt bleiben. Solche Infektionen sind eine sehr unangenehme Begleiterscheinung, schlimmer als jede Blasenentzündung.

Würde man auf den Katheter verzichten, müsste mich das Pflegepersonal regelmäßig wickeln, um ein Wundsein zu verhindern. Dies passt jedoch nicht in den zeitlichen Ablauf, deshalb bevorzugt man Harnwegsinfektionen.

Ich fühle mich lebendig gefangen in meinem Körper! Wie schön muss es sein, schmerzfrei zu sterben! Wie lange muss ich als Gefangene in meinem Körper noch leiden?

Meine klar definierte Patientenverfügung wird missachtet. Mein Mann Friedrich setzt sich über meinen letzten Willen hinweg. Er ist der Ansicht, ich hätte meine Meinung zwischenzeitlich tatsächlich ändern können und ein qualvolles Leben der Erlösung vorziehen. Jeder zerrt an mir herum und nimmt Einfluss auf mein beschissenes Leben. Nur ich NICHT!

Weitere Unannehmlichkeiten erwarten mich täglich: Wenn meine Windel voll ist, dann ist es eben so. Ich muss geduldig auf einen Mitarbeiter vom überlasteten Pflegepersonal warten, bis dieser Zeit für mich hat.

Wenn jemand der Meinung ist, ich brauche Unterhaltung, muss ich laute Musik oder Fernsehbeiträge über mich ergehen lassen.

Ich möchte nur noch sterben und endlich meinen Frieden finden. Was immer mich nach diesem Leben erwartet, schlimmer kann es nicht werden.

Oft leide ich unter unerträglichen Zahnschmerzen. Doch keiner weiß es, ich kann mich nicht bemerkbar machen. Durch die Chemobehandlung ist mir nicht nur übel, sondern mir brechen gelegentlich kleine Stücke meiner Zähne ab, die ich teilweise verschlucke.

Seit ein paar Tagen plagen mich nun auch noch Ohrenschmerzen. Seit heute, nachdem Blut in meiner Ohrmuschel erkennbar ist, wissen meine Folterer, dass ich Ohrenschmerzen habe. Und endlich kann etwas gegen die Schmerzen getan werden.

Die Aufzählung meiner Qualen könnte ich endlos weiterführen, mir fehlt jedoch dazu die Kraft. Ich leide Minute für Minute, Stunde um Stunde, jeden verflixten Tag, unzählige Wochen und Monate ... Jahre! Warum gestattet man mir nicht, würdevoll aus diesem Leben zu scheiden?

Die verabreichten Medikamente zur Blutverdünnung, zur Vermeidung von Bluthochdruck und Herzrhythmusstörungen, sowie alle weiteren Arzneimittel, verhindern den natürlichen Zusammenbruch meiner Organe. Sie halten mich am Leben! Meine persönliche Zeituhr ist schon längst abgelaufen!

Mittlerweile vegetiere ich seit knapp zwei Jahren vor mich hin. Mein Geist und meine Seele bekommen viel mehr mit, als alle vermuten. Ich bekomme die Streitigkeiten meiner Familie mit, Privatgespräche des Personals und die unzähligen Arztgespräche über meinen Gesundheitszustand. Alle äußern sich und glauben zu wissen, was für mich gut ist. Nur ich kann mich NICHT äußern und wehren. Wenn ihr alles besser wisst, dann können wir gerne die Plätze tauschen!

Meine Tochter wünscht mir schon seit Langem die ersehnte Erlösung. Allerdings ist sie gegen die qualvollen Aktivitäten meines Mannes/ihres Vaters chancenlos. Sie kann keinen positiven Einfluss auf ihn nehmen. Friedrich ist besessen, aufopferungsvoll alles für mich zu geben und alles zu tun, damit ich am Leben bleibe und somit bei ihm. Mein Mann lässt mich aus falsch verstandener Liebe nicht gehen. Die Angst vor dem Alleinsein und die ausbleibende Anerkennung von Dritten treibt ihn dazu, mich nicht sterben zu lassen. Seine Fürsorge ist die Hölle auf Erden für mich.

***

Einige Wochen später.

Bis vor ein paar Tagen dachte ich, meine Qualen können nicht mehr schlimmer werden. Leider habe ich mich erneut geirrt. Ich leide an epileptischen Anfällen. Anfangs blieben diese der Außenwelt verborgen, wie so vieles. Die Kopfschmerzen und extreme Müdigkeit nach den Anfällen sind unerträglich. Mittlerweile sind einige der Anfälle auch für meine Außenwelt sichtbar. Ich werde ins Krankenhaus auf die neurologische Intensivstation eingewiesen. Auf dem Weg zum Krankenhaus verweigert mein Körper seinen Dienst: Sind meine Qualen nun wirklich gleich zu Ende? Lieber Gott, ich danke dir!

Wieder einmal habe ich falsch gehofft. Die Ärzte holen mich in mein bescheidenes Leben zurück und stabilisieren meinen Zustand. Wie sollte der Notarzt auch wissen, was in meiner Patientenverfügung steht? Der diensthabende Arzt der Intensivstation versichert meinen Angehörigen, dass nichts getan wird, um mein Leben auf unnatürliche Weise zu verlängern. Ich jubele innerlich: HURRA, endlich!!! Endlich wird mein Wunsch respektiert und umgesetzt. Meine Tochter und mein Sohn sind erleichtert, endlich hat mein Leidensweg ein absehbares Ende. Nun darf die persönliche Lebensuhr ihren Dienst einstellen.

Eine weitere qualvolle Nacht mit unzähligen schmerzhaften Anfällen geht zu Ende. Wann ist es endlich vorbei? Wann habe ich endlich keine Schläuche und Medikamente mehr in meinem Körper?

***

Schichtwechsel auf der Intensivstation.

Ein anderer Arzt, eine andere Meinung. Nach Ansicht des nun diensthabenden Arztes und meines Mannes ist noch kein Sterbeprozess eingeleitet. Es muss alles dran gesetzt werden, mich am Leben zu erhalten. HILFE! Ich will nicht mehr, legt euch doch selbst hier hin! Was ist mit meiner Patientenverfügung?

Die Situation an meinem Krankenbett eskaliert und ich liege direkt in der ersten Reihe. Meine Tochter beginnt sich aufzulehnen. Sie hat mit einem Mitarbeiter eines Palliativteams gesprochen. Deren Meinung nach liegt sehr wohl ein Sterbeprozess vor und mein Wille sei genau in der Patientenverfügung festgehalten und muss umgehend umgesetzt werden. Bei Nichtbefolgung der Verfügung machen sich die Verweigerer vor dem Gesetz strafbar. Aber wer zeigt schon ein Familienmitglied oder einen Arzt an?

Der Arzt sieht somit seinen medizinischen Auftrag als beendet an. Auf seiner Station wird nicht gestorben, wenn er es verhindern kann. Und so werde ich schnellstmöglich aus dem Krankenhaus entlassen und ins Pflegeheim zurückgebracht. Meine Anfälle habe ich noch immer und das Pflegepersonal ist verständlicherweise mit meiner Person und meinem Krankheitsbild völlig überfordert.

Von den weiteren familiären Auseinandersetzungen bekomme ich nichts mehr mit. Aber ich kenne meine Familie, ein Teil von ihnen geht genau wie ich durch die Hölle. Es vergehen weitere endlose Tage im Heim mit all den Qualen und den vielen, vielen schmerzhaften Anfällen.

Was passiert denn heute? Erhalte ich keine künstliche Ernährung? Das Personal spricht vom Besuch einer Palliativärztin. Mein Mann und meine Kinder stehen an meinem Bett. Eine sehr nette und einfühlsame Ärztin tritt ebenfalls an mein Krankenbett heran. Ihre Stimme ist angenehm und beruhigend. Sie erklärt mir jeden einzelnen Schritt, den sie bei der Untersuchung vornimmt. Gespräche zu meiner Person und meinem Gesundheitszustand unterbindet sie umgehend. Ich fühle mich seit langer Zeit endlich wieder als ein Mensch mit Würde. Dann bin ich alleine; hoffentlich erlöst mich die Ärztin von meinem Elend.

Nach einer gefühlten Ewigkeit kommt der Besuchsstab erneut in mein Zimmer. Die nette Ärztin erklärt mir, dass alle bisherigen Medikamente abgesetzt werden und ich auch keine künstliche Ernährung mehr erhalten werde. Stattdessen erhalte ich ein Schmerzpflaster und neue Medikamente, um weitere Anfälle zu vermeiden.

Ich entspanne mich und komme zur Ruhe. Ich verabschiede mich im Stillen von meiner Familie. Es wird nicht mehr lange dauern, nur noch wenige Tage, dann schlafe ich mit einem Lächeln auf dem Gesicht ein.

Meine Tochter wird mit Sicherheit ihr Versprechen halten und versuchen, Menschen dazu zu ermutigen, über den Tod nachzudenken und auf die Dringlichkeit der Einhaltung einer Patientenverfügung hinzuweisen. Vielleicht war mein Leidensweg dann doch nicht umsonst.

Die Angst vor dem Tod ist schon lange verschwunden, irgendetwas wird es danach geben. Vielleicht ist mein Platz auf einer Wolke oder auf einem Stern. Am liebsten wäre ich jedoch ein Schutzengel für meine Kinder und Enkelkinder. Wer weiß, vielleicht geht eine dieser Wunschvorstellungen in Erfüllung.

Ich genieße den schmerzfreien körperlichen Zustand. Ich lasse mein Leben noch einmal Revue passieren und bei einer wunderschönen Erinnerung an meine Familie hört mein Herz auf zu schlagen.

Leichenfledderer in Rock und Bluse

von Anke Kemper

Rolf Baumgart wechselte nervös von einem Fuß auf den anderen. Es herrschten arktische Temperaturen, der Wind pfiff ihm durch das struppige Haar, die Hände hatte er tief in den Taschen vergraben. Am liebsten würde er schon reingehen, aber er musste sicher sein, dass sein Kumpel Bernie auch an der richtigen Tür klingeln würde. Wie er ihn kannte, würde Bernie einfach die Hupe betätigen, wenn er ihn nicht sehen würde. Endlich. Bernies klappriger Bulli kam langsam die Kampstraße hinuntergerollt. Der Beat aus den Autoboxen hallte dumpf in den friedlichen Sonntagmorgen. Total unauffällig, aber egal, er war endlich da. Bernie hielt am Straßenrand und kurbelte die Scheibe hinunter.

»Ich bin da.«

»Ich sehe es. Und wenn man es nicht sieht, hört man es! Können wir jetzt? Ich habe mir den Arsch abgefroren«, zischte Rolf seinem Kumpel entgegen.

»Ist ja gut.« Bernie kurbelte die Scheibe wieder hoch und kroch umständlich auf den Beifahrersitz. Endlich öffnete er die Beifahrertür und kam auf den Bürgersteig.

»Die andere Tür funktioniert nicht mehr, aber ansonsten ein tolles Auto.«

»Super!«, erwiderte Rolf und ging voraus den Gartenweg zu Nr. 17 hinauf. Hier hatte sich nichts geändert. Rolf war schon fast ein halbes Jahr nicht mehr hier gewesen, aber die fürchterlichen Gartenzwerge im Vorgarten grinsten noch genauso blöd wie im Sommer.

***

Rolf musste dreimal klingeln, bevor er hörte, dass sich im Haus was tat.

»Wohl ein bisschen schwerhörig, die Damen. Mann, ist das kalt heute!« Bernie wedelte mit den Armen, als könne er die Kälte damit vertreiben. Endlich öffnete sich die schwere Eichentür. »Hallo, Tante

Hilde. Da sind wir. Das ist mein Freund Bernie ...« Hilde ließ ihn nicht ausreden. »Wo bleibt ihr denn so lange? Kann man sich auf die Jugend heute gar nicht mehr verlassen? Los, reinkommen!« Hilde zog Rolf am Revers hinein. Bernie folgte freiwillig. Mit der war sicher nicht gut Kirschen essen. Der Geruch, der ihnen im Hausflur entgegenschlug, war bestialisch. Undefinierbar, aber bestialisch. Bernie zog sofort den Rolli seines Pullovers über Mund und Nase. Er sah, dass Rolf die Farbe wechselte und unüberhörbar nach Luft schnappte. Überall hingen Lavendelsäckchen an den Türklinken und an Bilderhaken. Hilde hatte eine Sprühflasche mit irgendeinem süßlichen Raumduft in der Hand und sprühte ihnen den Weg frei Richtung Küche. »Hier rein.« Sie öffnete die Tür.

»Hallo, Tante Rosa«, hustete Rolf. »Das ist ...«, er stockte. Tante Rosa saß am Küchentisch und wärmte ihre Hände an einem Kaffeebecher. Auf einem Stuhl in der Ecke saß Onkel Ferdi. Oder das, was man noch von ihm erkennen konnte. In mindestens drei Decken gewickelt und auf dem Stuhl festgebunden. Um den Hals trug er ein Lavendelsäckchen. Das Gesicht ineinander gefallen, weiß oder auch gelb. Vielleicht auch grau. Irgendwas dazwischen. Toter ging nicht mehr. Rolf verschlug es die Sprache. »Ach du Scheiße!«, hörte er Bernie ausrufen. »Ist der echt?«

Hilde schloss hinter den beiden die Küchentür. »Hallo Jungs«, meldete sich jetzt Tante Rosa erfreut. »Setzt euch doch. Für euch ist auch noch Kaffee da.«

»Boah, geht gar nicht. Ich warte draußen.« »Was ist das denn für ein Weichei! Hast du noch nie 'ne Leiche gesehen?«, Tante Hilde hielt Bernie an der Jacke fest und deutete ihm, sich zu setzen. Rolf blieb mitten im Raum wie angewurzelt stehen.

»So, Junge. Ich schulde dir wohl eine Erklärung. Die Kurzfassung.« Hilde lehnte sich an die Küchentür. Den Küchenbesen zu ihrer Verteidigung in der rechten Hand, die Sprühflasche in der Linken. Hier kam keiner mehr raus. »Dein Onkel Ferdi ist am 30.10. plötzlich und unerwartet verstorben«, begann sie.

»Am 30.10? Das… das ist über vier Monate her ... ihr ... also ...«

»Bleib ruhig, Junge. Eigentlich wollten wir auch erst nur noch den November abwarten, bevor wir es melden ... wegen der Rente. Du weißt ja, der Ferdi hat immer gut verdient. Seine Rente war unser aller Auskommen. Und überhaupt: So ein Abschied, nach so vielen Jahren des Zusammenseins, das ist auch nicht so einfach. Das kannst du mir wohl glauben.«

»Aber das geht doch nicht ... das ist doch ...«

»Lass deine Tante jetzt mal ausreden«, fiel ihm Rosa ins Wort und klapperte ungeduldig mit ihrer Tasse auf dem Holztisch.

»Also«, fuhr Hilde fort. »Der November lief dann ganz gut und da es ja Winter war, dachten wir, wir könnten auf jeden Fall noch bis Weihnachten damit warten.«

»Weihnachten hat es so schön geschneit. Und wir haben dann noch einmal alle zusammen gefeiert«, meldete sich Rosa zu Wort. Sie verstummte jäh, als ihr der vernichtende Blick ihrer Schwester entgegenflog.

»Himmel noch mal, ich glaube es einfach nicht.« Rolf sah, dass Bernie zusammengekauert am Tisch saß, den Kragen des Rollkragenpullovers mittlerweile bis über die Augen gezogen.

»Und der Dezember lief auch so gut, da dachten wir, wir warten wenigstens noch bis Neujahr. Tja ... und dann haben wir uns irgendwann nicht mehr getraut. Er sah auch auf einmal nicht mehr so aus, wie unser Ferdi. Irgendwie seltsam.«

»Und er roch auch nicht mehr so gut«, wandte Rosa ein.

Wie auf Kommando sprühte Hilde eine Ladung Raumduft Richtung Ferdi. Bernie jammerte unverständliches Zeugs in seinen Polyamidkragen und Rosa schlurfte laut ihren Kaffee. Ein Albtraum.

»Du meinst, ihr habt wegen der Rente ... das ... das ist ... Ihr könnt doch nicht vier Monate neben einer Leiche leben! Das gibt es doch gar nicht! Wisst ihr eigentlich, wie es hier stinkt? Das ... das gibt es doch gar nicht. Und wann habt ihr das letzte Mal geheizt? Draußen sind es mindestens minus acht Grad.« Rolf ließ sich fassungslos auf einen Stuhl fallen. »Möchtest du vielleicht doch einen Kaffee, Junge? Der hält dich warm.«

***

Rolf vermied es, Bernie anzusehen. Er hatte ihm von einem einfachen Job erzählt. Eine Gefälligkeit, die er für seine Tanten erledigen sollte und für die es gutes Geld gab. Das einzige, was Bernie mitbringen musste, waren Werkzeug, Eimer und Beton, Schaufel und Spitzhacke. Ein leckendes Rohr im Keller, hatte Tante Hilde am Telefon gesagt. Keine große Sache, aber er solle Hilfe mitbringen. Jetzt schleppten die beiden das müffelnde Paket Onkel Ferdi die steile Kellertreppe hinunter. »Super. Ich bin erst seit acht Monaten wieder draußen, wusstest du das?« Bernie hatte mittlerweile den Rollkragen wieder an Ort und Stelle.

»Weiß ich, und seit zwei Wochen mal wieder arbeitslos. Du brauchst das Geld doch auch. Pass auf, sein Kopf!«

»Der ist doch tot, und schon ziemlich lange, nur mal so am Rande. Der merkt gar nix mehr. Im Gegensatz zu mir. Ich hoffe, es gibt Erschwerniszulage.«

»Wenn du jetzt nicht vorsichtiger mit dem Transport bist, gibt es gar nix.«

Im Keller roch es muffig, aber alles war tausendmal besser als der Gestank im Erdgeschoss. Es dauerte noch eine Weile und etliche Flüche, ehe sie für Onkel Ferdi den richtigen Platz gefunden hatten. Der einzige Vorteil dieser Aktion war, dass ihnen jetzt endlich warm wurde.

»Wo ist denn jetzt das leckende Rohr?«, wollte Berni wissen.

»Es gibt kein leckendes Rohr!«, schnauzte Rolf zurück. »Bist du eigentlich wirklich so blöd?«

»Ich glaube nicht, dass du in der Position bist, mich anzukeifen!«

Bernie hatte völlig recht. Rolf hatte ihn da in eine ziemlich blöde Lage gebracht. Aber es gab jetzt kein Zurück mehr und die Kohle stimmte auch. Rolf nahm sich vor, dass er Bernie auf jeden Fall auf ein Bier einladen würde, wenn alles erledigt war.

***

Die ganze Angelegenheit dauerte fast zwei Stunden. Fußboden aufstemmen, Loch buddeln, Onkel Ferdi rein, ein wenig Schutt wieder drauf, Beton anrühren, Beton drauf. Rolf hoffte, dass die beiden Alten in der Zwischenzeit kräftig durchgelüftet hatten. Und er hoffte noch mehr, dass der Lärm des Meißelhammers und der Spitzhacke nicht irgendwelche neugierigen Nachbarn hinterm Ofen hervorgeholt hatte.

»Mach es gut, Onkel Ferdi. Ich wünsche dir eine gute Reise.« »Was quatschst du denn jetzt mit dem? Der ist schon ziemlich lange auf seiner Reise und nicht mehr auf Empfang.«

»Ich hatte immerhin seit vierzig Jahren eine persönliche Beziehung zu dieser Leiche. Das wird ja wohl noch erlaubt sein.«

Bernie packte lautstark seine Utensilien zusammen. »Dann lass dir ruhig Zeit mit deiner persönlichen Leiche. Ich warte im Auto. Und bring das Geld mit!« Wütend stampfte er mit seinem schweren Gepäck die Holzstiegen hoch. Rolf blickte sich noch einmal um. Die beiden Eimer mit dem restlichen Schutt würde er ein anderes Mal holen. Das störte jetzt keinen. Wer wusste schon, ob in dieses Loch überhaupt jemals jemand hinunter kommen würde. Rolf schauderte bei dem Gedanken, dass er der einzige Verwandte der beiden schrulligen Alten war und wahrscheinlich das Haus erben würde. Samt Onkel Ferdi. Den würde er jetzt nicht mehr los. Das war die Strafe. Rolf lief es kalt den Rücken herunter. Das hatte Onkel Ferdi nicht verdient. In einem kalten muffigen Keller ohne 'ne anständige Beerdigung. Auf was hatte er sich da bloß eingelassen? Das Klingeln an der Haustür riss ihn aus seinen Gedanken. Was hatte Bernie denn jetzt vergessen? Rolf rannte die Holzstiegen hinauf. Oben stank es noch genauso wie vorher. Angewidert riss er die Tür auf.

***

»Guten Tag. Sind Sie Herr Baumgart?« Die junge Polizistin sah Rolf auffordernd an.

»Ich ... ja. Was ... ist denn los?«, wollte Rolf wissen.

»Nun, eigentlich wurden wir wegen Ruhestörung gerufen. Und dann fanden wir hier den Bulli von Herrn Bernd Ross. Sie sind befreundet mit Herrn Ross?«

Rolf schluckte. »Ja. Wir hatten ... hier zu tun. Er hat mir geholfen.« Rolf konnte einen weiteren Polizisten auf der Straße sehen, der sich Bernies Werkzeuge genauer ansah und Fotos machte. Bernie saß auf der Rückbank des Polizeiautos und winkte Rolf zu.

»Das hat er uns auch so mitgeteilt«, fuhr die Polizistin fort. »Sein ehemaliger Chef hatte so einige Werkzeuge als gestohlen gemeldet. Die da.« Sie zeigte auf ihren fotografierenden Kollegen. »Er behauptet, er hätte sie sich ausgeliehen. Dabei arbeitet er schon einige Zeit gar nicht mehr bei diesem Bauunternehmen.« Rolf schluckte. Dieser Vollpfosten! Konnte er nicht einmal seine Finger bei sich behalten? Die Polizistin war einen Schritt näher gekommen und streckte ihren Riechapparat Richtung Flur. »Was riecht denn hier so?«

»Meine beiden Tanten ... ehm ... sie lüften leider viel zu selten.« Rolf spürte, wie ihm die Röte ins Gesicht schoss. Hoffentlich blieben die beiden in ihrer Küche sitzen. Die konnte er jetzt hier nicht gebrauchen. Zu spät. Die Küchentür ging auf und Hilde und Rosa schlurften den Flur entlang Richtung Haustür. Hilde fand zuerst die Sprache wieder, als sie die Lage durchschaut hatte und dem winkenden Bernie einen Vogel zeigte. »Ich wusste es, als er die Schwelle betrat: Der Junge taugt nix. Gar nix! Nehmen Sie den bloß mit!«

In Rolfs Kopf schlugen die Gedanken Purzelbäume. Was hatte er zu verlieren? So schlimm konnte die Strafe für seine „Hilfeleistung“ doch gar nicht sein. Er war nicht vorbestraft so wie Bernie. Er hatte nur seinen alten tüdeligen Tanten aus der Patsche helfen wollen. Rolf seufzte. Er hatte keine Wahl.

»Ich glaube, wir sollten draußen weiterreden«, sagte er und schloss hinter sich und der Polizistin die Haustür.

»Wann ist der Beton denn hart?«, hörte er Rosa hinter der verschlossenen Tür rufen.

»Die jungen Leute von heute haben weder Haare auf den Zähnen, noch Mumm inne Knochen.« Hilde nahm Rosa am Arm und schob sie wieder Richtung Küche. »Komm, wir machen es uns jetzt so richtig gemütlich. Die Küche wird mittlerweile schön muckelig warm sein. Haben wir noch Kaffee in der Kanne?«

»Ich koche uns frischen. Was meinst du, können wir uns zur Feier des Tages ein Likörchen zum Kaffee gönnen?«

»Sogar zwei, meine Liebe. Trinken wir auf unseren Ferdi. Wo auch immer ihn seine Reise hinführt.«

Ein letzter Abschied

von Theres Krause

Herr S. durchquerte die große Empfangshalle des Bahnhofs mit festem Schritt, die eine Hand in den Taschen seines grau melierten Mantels vergraben, die andere einen in die Jahre gekommenen, braunen Lederkoffer haltend. Der Riemen des Koffers, den Herr S. fest umklammert hielt, war bereits einmal gerissen und erneuert worden, weswegen er sich farblich von dem restlichen Leder, das das Gepäckstück ansonsten einnahm, unterschied.

***

Die frische, kühle Luft des Morgens schlug Herrn S. entgegen, als er auf den Bahnsteig trat, sich umsah und kurz darauf an einer kleinen, metallenen Bank innehielt. Er stellte den Koffer behutsam auf dem Boden ab, als würde ihm etwas Zerbrechliches innewohnen, oder als wolle er seinem treuen Begleiter den Stand auf dem kalten Stein so angenehm wie möglich machen. Er setzte sich auf den freien Platz, direkt neben sein Gepäck und starrte mit leerem Blick in die Ferne. Sein Gesicht wirkte älter als es war. Tiefe Falten der Sorge hatten sich in seine Stirn gegraben. Seine Lippen waren trocken und rissig und seine Augen wirkten müde. Herr S. beobachtete den langsam einfahrenden Zug und sah die verschiedenen Menschen aus- und einsteigen. Wie Ameisen bewegten sie sich auf dem Bahnsteig, genau wissend, wo sie hinmussten und was ihre Aufgabe war. Dann, als der Zug sich wieder in Bewegung setzte und sich der Bahnsteig zunehmend leerte, seufzte Herr S. hörbar und fuhr sich mit seinen Händen über das Gesicht. Die letzte Zeit hatte ihn stark mitgenommen und nun wünschte er sich nur noch, all das hinter sich lassen zu können. Es gab nichts mehr, was ihn in dieser Stadt hielt, nichts, weswegen er verweilen sollte. Erneut fuhr ein Zug in den Bahnhof ein und erneut strömten Menschen aus dem Gefährt und verteilten sich zügig in alle vier Himmelsrichtungen, als plötzlich etwas oder jemand Herrn S.' Aufmerksamkeit erregte. Es war nicht ganz auszumachen, was es war, doch es musste bedeutungsvoll sein, denn sofort änderte sich sein Blick, und der zunächst eingesunkene Körper von Herrn S. spannte sich an. Ein paar Sekunden lang starrte er ohne zu blinzeln in immer dieselbe Richtung, wobei er seinen Kopf von Zeit zu Zeit wandte, um an den vorbeigehenden Personen sein Ziel nicht aus den Augen zu verlieren. »Elisa?«, flüsterte er nur für sich selbst hörbar in den menschengefüllten Raum zwischen sich und dem Zug. Kaum hatte dieser Name lautlos seine Lippen verlassen, trug ihn ein Windzug bereits davon und verwirbelte ihn in den Windungen der Luft unmerklich zu einem stummen Hauch der Hoffnung und Verzweiflung. Herr S. stand auf und lief in Richtung eines Waggons. Kurz bevor er ihn erreicht hatte, beschleunigte er noch einmal seinen Gang und glitt zwischen den beiden sich bereits schließenden Türhälften hindurch. Der Zug fuhr ab und Herr S. mit ihm. Die Menschenmassen, die gerade noch den Bahnsteig besiedelt hatten, verflüchtigten sich, bis niemand mehr da war – niemand, außer dem kleinen, braunen Lederkoffer von Herrn S.

***

»Was ist passiert?« Ein kurzer, aber präziser Gedanke formte sich im Inneren des kleinen Koffers zu einer Frage mit großem Ausmaß zusammen. »Wo ist er hin? Was ist passiert?« Noch nie war der Koffer während einer Reise allein gelassen worden. Herr S. war recht altmodisch und mied andere Transportmittel als Zug und Bus, sodass sein Gepäck das Wirrwarr auf Flughäfen beispielsweise nur vom Hörensagen her kannte und stets in der Nähe seines Besitzers blieb. Umso unfassbarer war es nun für ihn, allein auf dem kalten, feuchten Boden zurückgeblieben zu sein. Mit dem begrenzten Horizont, den seine unbewegliche Gestalt mit sich brachte, versuchte sich der kleine Koffer umzusehen, doch Herr S. war verschwunden. Ein Gefühl von leise aufkeimender Panik breitete sich in dem braunen Gepäckstück aus und füllte den Raum seines Inneren zwischen all den Kleidungsstücken und anderen Reiseutensilien aus. »Er wird doch nicht ohne mich gefahren sein? Ich meine, er kann mich doch unmöglich vergessen haben?« Tausend Fragen wirbelten innerhalb des Koffers hin und her, sodass er Angst hatte, er würde das Gleichgewicht verlieren und fallen. Doch nichts geschah. Reglos und starr stand er weiterhin auf dem Platz, an dem ihn Herr S.

abgestellt hatte. Eine kühle Brise streichelte sein altes Leder und der kleine Koffer versuchte, sich zu beruhigen.

***

Es musste sich um ein Missverständnis handeln, das war dem alten Lederkoffer klar. Herr S. würde ihn nicht zurücklassen, das hatte er nie getan und würde es auch nie tun. Gleich wird er wiederkommen, da war sich der Koffer sicher.

***

»Und wenn nicht?«, dachte er bei sich. »Aber nein, das ist vollkommener Unsinn. Es ist ein Irrtum. Ich konnte ihn gar nicht richtig sehen«, sinnierte er weiter und ließ das abrupte Verschwinden seines Besitzers noch einmal Revue passieren. »Vermutlich holt er sich etwas zu Lesen aus dem Zeitungskiosk im Bahnhofsgebäude, das wird es sein. Immerhin liegt eine weite Reise vor uns, bei all den Sachen, die er eingepackt hat. Da wird er sich etwas zur Unterhaltung kaufen wollen. Er wird gleich wieder bei mir sein, ja das wird er, ich weiß es.« Die Zuversicht des kleinen, braunen Koffers schwand jedoch mit jedem einfahrenden Zug, den er sehen konnte. Nicht, dass er hoffte, Herr S. würde aus einem der Waggons steigen. Schließlich war er davon überzeugt, Herr S. befände sich im Bahnhofsgebäude. Es war vielmehr die Zeit, die zwischen jedem anhaltenden Zug verstrich, die den Gedanken an einen Irrtum verblassen ließ und stattdessen dem Zorn Platz machte.

***

»Was ist er nur für ein mieser Hund«, dachte der kleine Koffer nach einiger Zeit ungehalten. »Er lässt mich zurück? Er wird noch sehen, was es heißt, zurückgelassen zu werden.« Starr vor Wut, verharrte er auf seinem Platz und begutachtete herablassend die anderen, vorbeiziehenden Gepäckstücke. »Seht sie euch an«, murrte er insgeheim, wie ein alter Mann, der vor Neid zerfressen, die Jugend betrachtet. »Diese ganzen modernen, stilvollen Aluminiumkoffer. Wie toll sie sich fühlen. Reisen durch die Welt mit ihrem Besitzer, immer an ihrer Seite. Sie werden nicht vergessen. Nein, sie nicht. Aber mich vergisst man schon? Warum? Warum nicht sie?« Stumm schrie der Koffer diese Fragen in die vom Kaffeedampf und Regendunst verhangene Luft. »Warum gerade ich?«, fragte er noch einmal stiller sich selbst. Er fand es nicht gerecht, dass er, der so treu seinem Besitzer über so viele Jahre gedient hatte und mit ihm durch alle Lebenslagen hindurchgegangen war, dass ausgerechnet er nun alleine zurückblieb. Gerne hätte er etwas unternommen, hätte sich mit den anderen Gepäckstücken angelegt, doch langsam verließen ihn seine Kräfte, wodurch auch sein Ärger verflog.

***

Stattdessen flackerte noch einmal der Funken der Hoffnung in ihm auf, und er glaubte für einen Moment, dass Herr S. gleich zu ihm käme und sich alles als erschreckendes Missverständnis herausstellte. Doch nach einer Weile verstand der kleine Koffer allmählich, dass seine Situation ausweglos war. »Was würde er dafür geben«, dachte er, »Herrn S. noch einmal zu sehen.« Er würde ihn anflehen, ihn mitzunehmen. Er würde sich nie wieder eigensinnig benehmen, würde alles für ihn tun, wenn er ihn doch nur erlöse und ihn mit zu sich nach Hause nähme. Doch es war hoffnungslos.

***

Die Stunden verstrichen und der Koffer blickte nur hin und wieder auf, um die verschiedenen Menschen zu betrachten, die ihn verunsichert musterten. Er wollte ihr Mitleid nicht und noch weniger konnte er es ertragen. Er wusste, dass er nicht immer alles richtiggemacht hatte, ihm war klar, dass Herr S. manchmal sagte, er wäre zu alt und es wäre Zeit für etwas Neues. Jetzt wünschte sich der kleine Koffer, er hätte sich mehr Mühe gegeben, hätte Herrn S. davon überzeugt, dass er gut genug war, dass er es wert war, behalten zu werden. Er fühlte sich einsam. Was sollte er tun, ohne seinen Besitzer? Was machte ein Koffer, den man nicht benutzte? Er hatte den Sinn seines Daseins verloren und es gab niemanden, der ihm diesen zurückgeben konnte. Könnten Koffer weinen, so hätte man eine einzige Träne vom Riemen des Koffers hin zu seinem Boden rollen sehen können. Eine Träne, in die der kleine Koffer all seinen Schmerz über seinen Verlust, über die verpassten Chancen seines Lebens und über die Angst, die er hatte, hineingelegt hätte. Doch da der kleine Koffer nicht weinen konnte, durchzog diese verheerende Last nun sein gesamtes Inneres, ohne, dass er etwas dagegen tun konnte.

***

Langsam wurde es dunkel und noch immer stand der kleine Koffer neben der Bank, auf der Herr S. zuvor gesessen hatte. Immer wieder waren Leute bei ihm stehengeblieben, hatten ihn begutachtet, doch niemand half ihm. Hinter dem Bahnsteig sah der Koffer den Mond aufsteigen und er betrachtete ihn nachdenklich. Er schien so friedlich und mit sich selbst im Reinen. Er hatte seine Aufgabe gefunden und war von niemandem abhängig. Sein Licht erfüllte den kleinen Koffer mit einem kleinen Funken Zuversicht, sodass er sich zurücklehnen wollte, um zu sagen: »Ich bin bereit.« Es war ein angenehmes Gefühl, dem Schrecken der Zukunft ohne Furcht ins Gesicht zu blicken und ohne es so richtig zu bemerken, verlagerte sich das Gewicht des kleinen Lederkoffers tatsächlich und er wurde aus fremder Hand aus seiner stehenden in eine liegende Position gebracht. »Was hatte das zu bedeuten?«, fragte sich der Koffer. In seinem letzten Moment, den er noch in halbstehender Lage zubringen konnte, erkannte er die neugierig blickenden Menschen, die sich um ihn herum versammelt hatten. Es war ihm vorher nicht aufgefallen und er fragte sich, was auf einmal passiert war, bis ein klackendes Geräusch die Antwort lieferte und seine Gedanken für immer verstummten.

***

Ein Mann von hagerer Gestalt, der durch eine Art Schutzkleidung das Doppelte seiner eigentlichen Breite einnahm, klappte die beiden silbrigen Laschen des kleinen Koffers zurück, wodurch sich der bräunliche Deckel mit dem bereits einmal geflickten Riemen etwas anhob. »Gehen Sie bitte einen Schritt zurück«, sagte der Mann mit fester Stimme, die nicht recht zu seiner Statur zu passen schien, an die umstehenden Passanten gerichtet. Vorsichtig öffnete er den Koffer und konnte einen

Seufzer der Erleichterung nicht unterdrücken. In dem kleinen, braunen Koffer, der seit Stunden herrenlos auf dem Bahnsteig stand und den einige, vorbeigehende Personen dem Bahnhofspersonal meldeten, befand sich neben Kleidungsstücken und diversen Reiseutensilien nichts weiter als ein Brief. Harmlos und rein, als befände sich in ihm die Unschuld selbst verborgen, lag er auf den glatt zusammengefalteten Hemden. Vorsichtig öffnete der Schutzmann unter den Blicken der Umstehenden den Umschlag, um mögliche Hinweise auf den Besitzer des kleinen Koffers ausfindig machen zu können. Doch neben einer Schwarz-Weiß-Fotografie, die eine wunderschöne, junge Frau zeigte, war dort nur ein einziges Blatt enthalten, auf dem zu lesen war:

Mein Liebster,

Du weißt, wie sehr es mich schmerzt, Dir diese Zeilen zu schreiben. So sehr wie ich weißt auch Du, dass es keine Hoffnung mehr gibt. Doktor K. meinte, es wäre nun an der Zeit, Lebwohl zu sagen. Doch wie soll ich dem Mann Lebwohl sagen, ohne den ich nicht sein kann? Wie soll ich dem Tod entgegengehen, ohne zu wissen, dass Du auf der anderen Seite auf mich warten wirst? Ich habe lang darüber nachgedacht und nun bin ich bereit. Ich weiß, dass ich Dich hier zurücklassen muss und es ist das Schwerste, was ich in meinem Leben bisher tun musste. Doch ich werde auf Dich warten und solange ich warte, werde ich Dich ab und an besuchen, glaub mir mein Liebster. Du wirst mein Parfum auf dem Gehweg riechen, wirst mein Gesicht in einer schnell vorüberziehenden Person wiedererkennen, wirst mein Lachen im Gesang der Vögel hören. Ich werde für Dich da sein. Meine einzige Bitte ist: Lebe. Lebe für mich mit, lebe und denke an mich, lebe und tu all das, was wir zusammen getan hätten. Dann weiß ich, dass all das hier nicht umsonst war. Ich werde Dich immer lieben. Lebwohl und denk an mich.

Deine E.

Der Dreck von Auschwitz

von Bettina Lausen

Sie öffnete die Tür, musste sich an der Klinke festhalten, um nicht das Gleichgewicht zu verlieren. Beruhige dich, dachte sie. Keiner würde sie mehr verhaften.

»Paula«, hauchte eine bekannte Stimme. Karl! Sie hatte nur Augen für die Uniform gehabt.

»Du?« Ihre Hände zitterten. Er umarmte sie stürmisch. Steif ließ sie es geschehen, roch Schweiß und Leder.

»Wie ich dich vermisst habe«, sagte er und ließ von ihr ab.

»Willst du mich nicht in unsere Wohnung lassen?«, fragte er lächelnd. Unsere Wohnung – ihr Herz krampfte sich zusammen, sie trat zur Seite.

Karl ging durch die Räume. »Alles noch so wie früher. Gut, dass die Bomben das Haus verschont haben.«

Sie folgte ihm in die Küche.

Er ließ das schmutzige Bündel fallen und setzte sich auf den Stuhl – auf seinen Stuhl. Durch das offene Fenster drang laue Sommerluft. Sie bekam eine Gänsehaut, fror, wie die letzten sechs Jahre. Er wies mit der Hand auf den anderen Stuhl, sein Blick ließ keine Widerworte zu. Kommandos hatte er gelernt. Sie nahm Platz. Er legte die Kappe auf den Tisch. Der Totenkopf grinste sie hämisch an.

Er griff ihre Hand, doch Paula entzog sie ihm. »Es ist lange her«, flüsterte sie, den Blick gesenkt.

»Die Juden haben uns wertvolle Jahre gestohlen.«

»Die Juden?«, krächzte sie.

»Wir hätten bereits Kinder haben können.«

Unwillkürlich fasste sie sich an den Bauch, ließ die Hand sofort wieder ab. Zum Glück hatte sie heute das weite Blumenkleid angezogen.

»Und hast du es dir überlegt?«, fragte er.

»Was?«

»Hast du meine Briefe nicht bekommen?«

»Vielleicht nicht alle.« Sie schielte zum Wohnzimmer. Im Kamin lag noch der letzte – ungeöffnet.

»Das deutsche Volk baut die Häuser und Straßen wieder auf, bald wird auch die Post Briefe zustellen.« Er tippte mit den Fingern auf die Tischplatte. Die Fingernägel schwarz gerändert. Er hatte den Dreck aus Auschwitz mitgebracht!

»Ich suche mir Arbeit und werde dich und unsere Kinder versorgen.«

»Unsere ...« Ihr blieben die Worte im Halse stecken.

»Natürlich!« Er stand auf und trat vor sie. Einst hatte sie sich in das kantige Gesicht und die spitze Nase verliebt, nun mochte sie ihn nicht berühren. Was seine Hände getan und sein Mund befohlen hatten. Die Bilder, die seine Briefe erzeugt hatten, schwappten über sie wie unbarmherzige Monsterwellen.

Er zog einen Ring aus der Uniform und kniete sich vor sie. »Ich wollte ihn dir an dem Tag am Fluss überreichen, weißt du noch?«

Sie schluckte. Eine verblasste Erinnerung wie an ein nicht zu Ende gelesenes Buch.

»Da ich nicht wusste, ob ich dich als Witwe zurücklasse, habe ich gewartet. Sechs Jahre.« Er streckte ihr den Ring entgegen. »Willst du meine Frau werden?«

Sie schnappte nach Luft.

»Ich liebe dich und du mich.«

»Aber der Krieg, die Bomben, wir sind nicht mehr dieselben.«

»Liebe übersteht jede Zeit.«

Ein Schauer lief ihr den Rücken herunter. Nachdem sie den ersten Brief gelesen hatte, hatte sie sich nächtelang in den Schlaf geweint. »Du hast Menschen getötet«, stieß sie hervor.

»Gerettet, Paula. Ich habe die Arbeitsfähigen selektiert.«

Bittere Galle stieg ihr die Kehle hinauf. Schritte im Treppenhaus. Oh nein! Kam Jakob schon zurück? Er trug immer noch die Armbinde – aus Stolz. Er müsse ein Zeichen setzen. Die Schritte verschwanden im oberen Geschoss. Erleichtert atmete sie aus.

»Ich habe jede Nacht von dir geträumt.«

Und sie von seinen Gräueltaten. Während Karl Leben ausgelöscht hatte, hatte sie welche gerettet. Er legte eine Hand auf ihr Knie. Sie zog ihr Bein weg. Eine Hose hätte sie vor Berührungen geschützt. Sie musste ihn loswerden, bevor Jakob kam.

»Warum zögerst du?«

Sie schluckte. »Ich liebe dich nicht mehr.«

Er stand auf, blickte von oben auf sie herab. »Das sagst du mir nach allem, was ich durchgemacht habe?«

»Habe ich etwa nichts durchgemacht?«

Karl hob ihr Kinn, zwang sie ihn anzusehen. Sehnsucht und Schmerz in seinem Antlitz. »Lass uns gemeinsam die Dämonen der Vergangenheit bewältigen.«

»Der Krieg hat uns zu sehr voneinander entfernt«, flüsterte Paula und befreite sich aus seinem Griff.

Er sah sie mit wässrig blauen Augen an. Sie hatte sich vor langer Zeit in diese Augen verliebt.

»Bist du so herzlos geworden?«, fragte er.

Die Frage hätte sie ihm stellen sollen, doch sie hörte erneut Schritte. Diesmal wurde die Haustür geöffnet.

»Ich habe viele gefunden, Paula! In der Bonner Straße gab es ...« Jakob verstummte, als er die Küche betrat. Er trug einen Stapel Bücher vor der Brust. Die Menschen bräuchten Geschichten, hatte er gesagt, wollte die Buchhandlung seines Vaters wieder eröffnen. Die beiden Männer sahen sich schweigend an, bis Karl die Stimme wiederfand und sie entgeistert ansah. »Ein Jude?«

»Geh jetzt bitte!«, flüsterte sie.

»Du spinnst wohl. Das ist meine Wohnung.«

Ein ätzender Kloß im Hals nahm ihr die Luft zum Atmen.

»Komm«, sagte Jakob und streckte die Hand nach ihr aus. Er wagte es nicht, Karl zu nahe zu kommen.

»Paula bleibt hier. Sie gehört mir«, keifte Karl.

»Ich gehöre niemandem!«

»Aber du willst doch wohl nicht mit dem Judenschwein gehen.«

Sie schnappte nach Luft. »Ich liebe ihn.«

Karls Augen verengten sich und er holte zum Schlag aus. Jakob stürmte vor und rammte Karl zu Boden. Karl stieß mit dem Kopf gegen die Wand und schrie auf. Nach einer Schrecksekunde blickte er sie wutentbrannt an. »Ich sollte euch beide erschießen.«

Sie wurde von Jakob zur Tür gezogen.

»Ich hätte jede Judenschlampe haben können«, rief Karl. »Ich war dir treu! Und was machst du?«

Sie warf einen letzten Blick zurück. Karl hatte sich aufgerappelt, die

Fäuste geballt. In den ozeanblauen Augen lagen Zorn, Enttäuschung und etwas, von dem sie sich fragte, ob es nicht der Spiegel ihrer eigenen Seele war: die Sehnsucht nach vergangenen Tagen.

Der Spieler

von M.W. Ludwig

Nachdem ihn seine Spielsucht alles gekostet hatte, hatte der Spieler beschlossen, nie wieder zu spielen. Dieser Entschluss war ihm überraschend leicht gefallen. Da war keine innere Stimme gewesen, die ihn überreden wollte, es doch noch einmal zu versuchen, kein unheimlicher Drang, der ihn magnetisch an den Kartentisch oder einarmigen Banditen zog. Nur eine innere Ruhe, die seinen ganzen Körper ausfüllte. Nie wieder wollte er sich dem Reiz des Spiels hingeben, dem Kribbeln, wenn sich das Rouletterad drehte, der Atemlosigkeit in dem Moment, kurz bevor er das ausgeteilte Blatt hochhob und ansah.

Viel zu hoch waren seine Verluste gewesen, viel zu tief sein Fall. Das sollte schwerer wiegen als alle Anziehungskraft, die das Spiel ihm bieten konnte.

Schmerzhaft erinnerte er sich all der Verzweiflung, die ihm sein Spielen beschert hatte in der Vergangenheit, all der Niederlagen, die schwer wie Blei auf ihm gelastet hatten.

Nein, dieses Gefühl wollte er auf gar keinen Fall jemals wieder haben. Es war so schrecklich für ihn gewesen, als er Auto und Haus verloren hatte in nur einer Nacht, als seine Frau ihn verlassen hatte und mit seinen Söhnen gegangen war.

Trotzdem hatte er immer weiter gespielt und immer weiter und immer weiter. Die Würfel und die Karten waren ihm geblieben. Nichts konnte ihn von der irren Hoffnung abbringen, dass das nächste Blatt die Wende bringen würde. Natürlich hatte er auch gewonnen. Niemand verliert immer. Doch hatte ihn der Gewinn nie lange Zeit glücklich machen können. Überhaupt waren die Gewinne nie Grund für ihn gewesen zu spielen. Jedenfalls später nicht mehr. Vielmehr war es der Reiz gewesen, das Schicksal herauszufordern. Die Möglichkeit, war sie auch noch so unwahrscheinlich, doch hatte ihn dieses Schicksal nun endgültig besiegt. Diesmal bestand er nicht auf Revanche. Er wusste, wann es Zeit war abzudanken. Und nun war es soweit. Viel zu oft hatte er schon Freunde zugrunde gehen sehen, die diesen Absprung nicht mehr geschafft hatten. Freunde, die in der letzten Verzweiflung alles getan und gegeben hätten, die schlussendlich ihr Leben verpfändet hatten für ihr letztes Spiel, das sie dann auch jämmerlich verloren.

Das sollte ihm nicht passieren. Dieser Teufel würde ihn nicht holen.

Zufrieden mit sich selbst blickte er in den Spiegel. Ja, so sah ein Mann aus, der sich seinen Dämonen gestellt und sie besiegt hat. Der Entschluss war endgültig gefallen und besiegelt. Er würde aufhören zu spielen. Gleich morgen früh.

Doch nun musste er sich beeilen, denn das Spiel heute Abend wollte er auf gar keinen Fall versäumen.

Das Bügelzimmer

von Hermann Markau

Mary fasste an die Klinke und öffnete die Tür einen Spalt. Blinzelte hinaus. Nichts. Sie schloss wieder ab. Ging zurück ins Bügelzimmer. Da war doch was gewesen. Jedenfalls hatte es sich so angehört. In letzter Zeit war sie nervös. Es war mehr so ein diffuses Gefühl. Sie konnte also nicht sagen, weshalb sie nervös war. Nur, dass es da war, dieses Gefühl, das konnte sie sagen. Seit einigen Tagen da war – seit zwei Wochen oder so. Seit zwei Wochen, ja. Da hatte sie mit Karin gesprochen. Am Telefon.

Das Haus war leer, wie jeden Tag. Kein Mann. Keine Kinder. Kein Mensch sonst. Jens hatte sie irgendwann verlassen. Wollte in den Süden. Ob sie mitkäme. Nein! Sie wollte nicht. Sie hatte gemerkt, dass es ihm recht war. Also war es ihr auch recht, dass er ging. Es hatte Vorfälle gegeben, gewisse Vorfälle. Anfangs hatte sie die verdrängen können, hatte sie gar nicht wahrgenommen, diese Vorfälle, hatte am gewohnten Leben festgehalten.

***

Das Bügelzimmer, wie sie es nannte, lag hinter der Küche, mehr ein Abstellraum, ohne Fenster, mit einer Glühbirne, die nackt von der Decke hing. Mittendrin stand also das Bügelbrett. Es füllte beinahe die gesamte Breite aus. Hinten an der Rückwand eine Tiefkühltruhe. In einer der vorderen Ecken war noch Platz für den Wäschekorb, in der anderen für ein kleines Tischchen, auf dem sie die gebügelten und akkurat zusammengelegten Stücke stapelte.

Jens war Mechaniker. Kfz-Mechaniker war er. Da war es klar, dass seine Latzhosen und die Blousons regelmäßig in die Wäsche mussten. Und danach gebügelt. Wie würde es aussehen, wenn er in ungebügelter Kleidung herumliefe. Nein! Da war nicht mit ihr zu diskutieren. Auch wenn sie wegen der Vorfälle vielleicht nachlässig hätte werden können. Oder nachtragend hätte sein müssen.

Es klingelte. Das Telefon klingelte. Sie erschrak vor dem schrillen Ton. Kippte das Bügeleisen in den Stand. Schaute sich um. Wartete.

Wer, um alles in der Welt … ? Sie kannte doch die Leute gar nicht. Die Leute, die hier wohnten. Und Familie? Da war nur noch ein Großvetter, ein entfernter. Sie wusste nicht mal, wo der wohnte.

Vielleicht wollte der Anrufer mit Jens sprechen. Mary bewegte sich nicht. War ganz vorsichtig mit dem Atmen. Jens war doch nicht mehr da. Der Anrufer war also einer, der ihn gar nicht richtig kannte. Also, was wollte der? Ich hebe nicht ab, flüsterte sie energisch und schüttelte den Kopf. Nein, nein! Ich hebe nicht ab.

Oder Karin? War das Karin? Aber was würde Karin wollen? Es war doch alles gesagt. Alles war klar zwischen ihnen.

***

Sie wusste nicht, wie lange es zurücklag. Wie lang, dass sie die Sache spitzbekommen hatte. Jedenfalls war sie beim Yoga gewesen. Oder hatte sie eingekauft? Egal. Es machte keinen Unterschied. Sie hatte damals keinerlei Veranlassung gehabt, das Haus leise und behutsam zu betreten. Sie war in guter Stimmung gewesen. Wie eigentlich immer. Fasste an die Klinke und öffnete die Tür. »Hallo! Ich bin wieder da«, rief sie, marschierte durch den Flur, warf den Schlüsselbund im Vorbeigehen auf den Esstisch und betrat das Wohnzimmer.

Karin lächelte sie an.

»Hallo!«, wiederholte Mary. »Du?«

»Hallo!«, antwortete Karin. »Ja ... Ich ...«

»Wo ist Jens?«

»Ich ... Äh ...« Karin wandte ihren Kopf zur Badezimmertür. »Ich glaube, er ist im Badezimmer«

»Du glaubst, er ist im Badezimmer?« Mary war stehengeblieben und fühlte sich fremd in ihrer Wohnung. »Was will er im Badezimmer?« Ihre Bewegungen waren jetzt langsam, als sie sich den Mantel auszog. Legte ihn fein über die Rückenlehne des Sofas. Fast vorsichtig. Abwartend. Wollte Karins Antwort nicht überhören.

Die sagte aber nichts mehr. Glotzte Mary nur an.

Jedenfalls ... Irgendwann kam Jens ins Wohnzimmer zurück. Man quatschte über Belangloses. Dann erhob Karin sich und steuerte auf die Haustür zu. Jens folgte ihr. Mary stand wie angewurzelt, hörte nur das Getuschel, das vom Flur kam. Ja, so war das.

Das Telefon hatte jetzt aufgehört zu klingeln. Mary atmete tief durch und schüttelte die Hände aus, griff sich als nächstes eines der großen grünen Handtücher und breitete es über das Bügelbrett. Ja, sie bügelte auch Handtücher. Sie hatte immer schon Handtücher gebügelt. Die meisten Frauen taten das nicht. Das wusste sie. Aber sie war nicht wie die meisten. Wo war der Aufwand bei Handtüchern? Handtücher zu bügeln war richtig erholsam nach einer kniffligen Bluse oder einer der Latzhosen, die Jens bei der Arbeit trug.

***

Jens war schon über dreißig Jahre bei Kruse und Co. Die waren zufrieden mit ihm. Er ließ sich nie etwas zuschulden kommen. Erledigte seine Arbeit nach alter Manier. Lehrjahre sind keine Herrenjahre, sagte er immer. Und das meinte er auch so. Pünktlichkeit! Verlässlichkeit! Sauberkeit!

Beim Tanzen damals. Da hatten sie sich kennengelernt, sie und Jens. Er stand gegen den Tresen gelehnt und stützte sich mit den Ellbogen ab. In der Rechten hielt er ein Glas, aus dem er ab und zu einen Schluck nahm. Als sie den Raum betrat, fiel der Mann ihr sofort ins Auge, wie er sich da so lässig postiert und die Mädchen auf der Tanzfläche ins Visier genommen hatte.

Später dann kam alles, wie es kommen musste. Sie hatten den ein oder anderen Drink zu viel genommen und es beide auf das Eine angelegt. Die Rückbank seines VW war eng und ungemütlich. Und auch das Rumgetue, das Fummeln und Grapschen, das Vögeln war nicht so, wie sie sich das immer erträumt hatte.

Bis zum nächsten Wiedersehen vergingen Wochen. Nicht, dass sie nicht gewollt hätte. Aber irgendwie hatte es nie gepasst. Er musste arbeiten, oder in seiner Familie gab es etwas zu feiern. Oder es war sonst was. Ja, so war das.

***

Am Telefon eben – das konnte nicht Karin gewesen sein. Die hatte was von einem längeren Verwandtschaftsbesuch erzählt. Neulich. Und wie sollte ihr dann in den Sinn kommen, von dort aus bei Mary anzurufen? Nee!

Karin und Mary kannten sich aus Kindergartentagen. Karin, zwei Jahre jünger als Mary. War eine kleine Süße. Sie hatte blondes Haar und einen niedlichen Pferdeschwanz, nicht wie die meisten anderen Kinder Zöpfe oder so. Sie rannte herum wie ein flinkes Wiesel und schubste die anderen Kinder, sodass die aufs Parkett fielen und sich manchmal den Kopf stießen. Wenn sie lachend zum Stehen kam, flog ihr vorwitziger Pferdeschwanz von einem zum anderen Ohr. Mary mochte die Kleine sofort. Vielleicht auch deshalb ein wenig, weil sie nie von ihr geschubst wurde. Seltsam! Aber vor Mary hatte Karin irgendwie Respekt. Von Anfang an.

Sie stellte das Bügeleisen ab. Hatte sie das Handtuch angebrannt? Oder was war das für ein Geruch? Sie konnte den Geruch nicht einordnen. Sie faltete das Tuch auseinander und sah es sich genau an. Wie riecht denn ein Brandfleck? Da war kein Brandfleck. Also, ein Brandfleck war das nicht, was da roch.

***

Im Nachhinein war ihr einiges aufgegangen. Seine Hektik, seine Stimmungen. Seine Unkonzentriertheit, wenn etwas anlag. Seine Überstunden. Seine Gereiztheit. Dinge, die es früher nicht gegeben hatte.

Und irgendwann hatte er sie geschlagen. Mitten ins Gesicht. Sie wusste den Grund nicht. Hatte ihn gereizt – offenbar. Es war auch nicht die Faust gewesen. Die flache Hand nur.

Nachdem er sie geschlagen hatte, stand er vor ihr wie gelähmt. Noch mit erhobener Hand. Sie sprachen kein Wort. Sie starrten sich nur an, und sie ließ es gut sein.

Sie sparte sich die Fragerei. Hoffte insgeheim, er würde sich erklären. Auch, was Karin anging. Aber da kam nichts. All die Tage nicht. So war das.

***

Wenn sie sich's überlegte: Sie war viel glücklicher so. Allein. Ohne Jens. Keine Furcht mehr, etwas Falsches zu tun. Oder zu sagen. Natürlich war das eine Umstellung. Keiner steckt so einfach 35 Jahre weg.

Sie ging nicht mehr oft aus dem Haus. Manchmal noch einkaufen.

Sie hatte ja alles. Den Fernseher im Wohnzimmer. Die Schränke voller Tüten und Dosen. Im Kühlschrank genug für ein, zwei Wochen. Was wollte sie mehr. Abends trank sie ihren Wein. Und keinem war sie eine Erklärung schuldig. Natürlich trank sie nicht zu viel. Darauf achtete sie schon.

***

Ihre Hochzeit damals, die war wunderschön. Alles in Weiß: Die Kutsche mit den Pferden, die Blumen, die Blumenmädchen. Das Kleid natürlich. Und Jens war ein Prinz von einem Bräutigam. Sie küssten sich so oft wie nie vorher. Die Musik. Das Tanzen. Ihre Wangen, die vor Erregung und Lachen glühten. Die verstohlenen Blicke der anderen Mädchen. Und irgendwann hatten sie sich auf dem Klo geliebt.

Hatte es wieder geklingelt? Sie musste besser aufpassen! Wirklich. War das jetzt die Tür oder das Telefon? Sie verharrte in ihrer Bügelbewegung und lauschte.

Nein! Es war nicht das Telefon. Vorsichtig stellte sie das Bügeleisen ab und schlich durch den Flur zur Tür. Sie strich mit der Hand übers Haar und räusperte sich leise, fasste an die Klinke und öffnete die Tür einen Spalt. Blinzelte hinaus. Nichts. Ging zurück ins Bügelzimmer. Sie musste aufpassen, dass sie die Balance nicht verlor auf ihrem Weg durch die Wohnung. Überall lagen Sachen im Weg. Klamotten. Essensreste. Sachen halt. Sie musste das wegräumen. Klar. Irgendwann. Aber bügeln musste sie schließlich auch.

***

Karin und Mary hatten sich nach der Kindergartenzeit aus den Augen verloren. Eines Tages zog sie mit ihren Eltern fort. Wohin? Wer weiß! Sie war halt weg. Von einem auf den anderen Tag. Und irgendwann war sie wieder da. Von einem auf den anderen Tag. Erwachsen. Blond. Schön wie damals. Und machte die Männer verrückt. Ja. Das tat sie.

Aber mit Jens fing sie nichts an. Am Anfang jedenfalls. Dann kam so ganz allmählich diese Zeit. Na ja, diese Zeit mit den Vorfällen, diesen Vorfällen eben. Und eines Tages hatte Mary genug von alledem. Wollte nicht mehr gedemütigt werden. Wollte wissen, was Sache war.

Rief Karin an und lud sie zum Kaffee ein. Sie hatte extra Bienenstich besorgt, weil sie wusste, dass Karin den so gern mochte. Nachdem sie über all das gesprochen hatten, gab es keine offenen Fragen mehr. Alles war klar. Alle waren zufrieden.

***

Das war vor zwei Wochen. Ja. Vor zwei Wochen war das. Sie blickte nach links auf den Stapel mit der fertigen Wäsche und sah, dass der zu einer ziemlichen Höhe angewachsen war, schaltete das Bügeleisen aus und stellte es senkrecht. Griff sich den Stapel und verließ das Bügelzimmer, deponierte ihn auf dem Esstisch und kehrte ins Bügelzimmer zurück.

Das Kabel steckte nicht im Doppelstecker, als sie es herauszog, sondern im Hauptstecker. Sie hatte also die Kühltruhe vom Stromkreis genommen, um das Bügeleisen mit Strom zu versorgen. Wo war sie nur mit ihren Gedanken? Sie hatte doch bestimmt vor mehr als drei Stunden mit dem Bügeln angefangen. Vielleicht war die Truhe sogar viel länger ohne Strom. Denn gestern hatte sie doch auch gebügelt. Sie klappte das Bügelbrett zusammen, stellte es an seinen angestammten Platz und hob den Deckel der Kühltruhe an. Das gefrorene Blut auf den Köpfen der beiden leblosen Körper war bereits wieder flüssig geworden.

Auf zu neuen Ufern!

von Cora G. Molloy

Wie lange habe ich auf diesen Tag gewartet. Endlich 18, endlich kann ich mein Leben leben! So, wie ich es für richtig halte. Meine erste Tat: Einen Abschiedsbrief schreiben, damit meine Eltern nicht aus Angst vor einer Entführung (bzw. einer möglichen Lösegeldforderung) die Polizei einschalten. Die nötigsten Sachen sind schon gepackt und gleich weg von hier. Aber so was von weg!! Ich spüre keine Reue, keine Trauer. Im Gegenteil: Erleichterung, Befreiung! Als würden sich nach 18 Jahren Gefängnis die Tore endlich für mich öffnen. Und ich werde schon klar kommen, auch ohne sie. Besser sogar! Wie fange ich den Brief jetzt an? Hm…

Hi Mom und Dad,

Sie hassen es, wenn ich sie so nenne. Ich grinse in mich hinein und stelle mir ihre Gesichter vor, wenn sie das lesen werden. Die Falte auf der Stirn meines Vaters und der missbilligende Blick meiner Mutter. Geschieht euch recht! Ihr habt mir auch einen Namen gegeben, den ich hasse. Ich meine, welche verantwortungsvollen Eltern geben ihrer Tochter den Namen „Camille“? Wir leben in Deutschland und jedes – aber auch wirklich jedes! – Kindergartenkind versteht „Kamel“. Leider wurde ich nur mit diesem blöden Namen ausgestattet und nicht mit dem Gleichmut eines Kamels und so hatte ich bereits am ersten Tag im Kindergarten eine Prügelei deshalb. »Das Kind ist schlecht erzogen«, wetterte die Erzieherin, als sie meine Eltern anrief. Mein gesellschaftlicher Selbstmord war für meine Eltern damit besiegelt: Aus diesem Kind konnte nichts werden. Nur böse, arme Kinder verhauen andere Kinder; niemals aber ein wohlerzogenes Kind aus dem guten Hause Monet! Philippe Monet, mein Vater, erfolgreicher Immobilienmagnat. Monet ist ja an sich kein schlechter Name. Er erinnert an unsere französischen Vorfahren und natürlich an den großen Künstler, den ich so gerne als Urgroßvater gehabt hätte. Für meinen Vater passt der Name nur indirekt, weil er so monetär ist – Geld ist das Einzige, was ihn wirklich interessiert. Seine Familie betrachtet er als Teil seines Besitzes. Berufliche und finanzielle Erfolge (mehrere Häuser, teure Autos, Jacht usw.) reichen nicht aus, um zu beweisen, dass er ALLES im Leben erreicht hat. Dazu braucht es noch die repräsentative Familie. Haha, schöner Schein! Und meine Mutter spielt mit. Sie beschränkt sich darauf, schön zu sein, lächelnd an seiner Seite zu stehen und in der Öffentlichkeit alles, was er tut, gebührend zu bewundern. Bei allen wichtigen gesellschaftlichen Anlässen stellt sie – zusammen mit ihrem perfekten Körper – die neueste Couture zur Schau. Dank des täglichen Fitness- und Diätprogramms mit Personal Coach, verkörpert sie im Theater der Reichen die begehrens- und beneidenswerte, kultivierte Frau von Philippe Monet. Dennoch bleibt ihr Lebensinhalt auf Oberflächlichkeiten beschränkt. Gut, ihre Eltern haben sie erfolgreich auf die Rolle der lebenden Barbie vorbereitet. Nach entsprechender Gehirnwäsche in ihrer Jugend, lässt sie tiefere Gefühle nicht an sich ran. Dabei habe ich mir immer eine richtige Mutter gewünscht. Zärtlichkeit? Liebe? Gab es weder für meinen Vater, noch für uns Kinder. Wie hätte sie auch etwas weitergeben können, was sie selbst nicht kannte? Und sowieso hatte sie für so was keine Zeit, neben all den Terminen im Beauty-Salon, Treffen mit falschen Freundinnen und sonstigen gesellschaftlichen Verpflichtungen auf der Bühne neben Philippe. Für Kinder gibt es schließlich Kindermädchen, die immer dann gewechselt wurden, wenn das rebellische Kind anfing eine Beziehung zu ihnen aufzubauen. Klingt pervers? War es auch. Wo war ich noch mit meinem Brief, ach ja:

Hi Mom und Dad,

endlich 18. Ich gehe jetzt meinen eigenen Weg. Ihr braucht euch meiner nicht mehr schämen.

Und ich mich für euch auch nicht mehr, schießt es mir durch den Kopf. Nachdem ich ja bereits an meinem ersten Tag im Kindergarten sozial versagt hatte, haben meine Eltern mir freundlicherweise täglich meine Fehler unter die Nase gerieben. Bin ich wirklich das „Enfant terrible" der Familie oder haben sie mich dazu gemacht? In den Augen meiner Eltern habe ich seitdem, scheint's, nichts richtig gemacht – und sicherlich werden sie auch diesen Schritt nicht richtig finden. Sei's drum. Ich glaube ja auch nicht, dass sie mit mir wirklich etwas richtig gemacht haben. Da sind wir dann doch irgendwie quitt.

***

Und sie haben ja noch meine kleine Schwester Sophie, das komplette Gegenteil von mir, die einfach alles richtig macht (oder zumindest sehr gut den Anschein erwecken kann). Sophie, die Tochter, bei der offensichtlich – im Gegensatz zu mir – alles stimmt: hübsch, gewandt, sportlich, klug. Dass sie dabei hinterhältig, manipulativ und oberflächlich ist, haben meine Eltern nicht bemerkt oder eher sogar als Vorteil auf der Bühne des Lebens betrachtet. Was gut und was schlecht ist, liegt im Auge des Betrachters, nicht wahr? Aber was bitteschön hätte mich motivieren sollen, mich in das vermeintlich perfekte Familiengefüge perfekt einzufügen, wo es da doch gar keinen Platz für mich gab? Und selbst aus einer so undankbaren, rebellischen, schlechten Tochter wie mir, haben meine Eltern gesellschaftlichen Profit geschlagen, indem sie keine Gelegenheit ausließen, mit ihrer großen Liebe und Mildtätigkeit mir gegenüber bescheiden zu prahlen (was einen sehr starken Würgereiz bei mir auslöst ...). Was für eine Farce!! Lieber ein schwarzes Schaf, als ein verlogener Wolf im Schafspelz, oder sollte ich eher sagen Nerz?

Behauptet doch einfach, ich würde jetzt an einer sündhaft teuren Privatuni in der Schweiz studieren, nur für den unwahrscheinlichen Fall, dass es irgendwem auffällt, dass ich nicht mehr da bin.

Ob es meinen Eltern überhaupt auffallen wird? Im Grunde sind sie doch viel zu beschäftigt. Sophie wird es freilich toll finden. Sie rückt zur Thronerbin auf; kann auch, ohne mich vergiften zu müssen, direkt in die Fußstapfen des Monet-Imperiums aufsteigen. Fußstapfen, in die zu treten ich liebend gern verzichte. Ich habe so viele Ideen, was ich tun möchte. Alles ist möglich! Aber vor allen Dingen möchte ich eines: nicht mehr im Abseits einer Familie stehen, in die ich geboren wurde, aber zu der ich nie wirklich gehört habe. Ich habe meine eigene Meinung, werde meine eigenen Freunde haben, mein eigenes Geld verdienen, mein eigenes Leben leben. Und es wird nicht vom Geld bestimmt, sondern von Menschlichkeit und Zuwendung. Also genau dem, was ich die letzten 18 Jahre in dieser Familie schmerzlich vermisst habe!

Tschüssikowski,
Cam

P.S. Übrigens danke dafür, dass ihr es mir so leicht macht zu gehen. Ablösungsschwierigkeiten kann man ja nur haben, wenn man vorher eine Beziehung hatte …

Sorry, aber den letzten Satz kann ich mir echt nicht verkneifen. Oder hätte ich mehr schreiben sollen, damit sie verstehen, was mich bewegt zu gehen? Sie haben mir 18 Jahre nicht zugehört, mich nicht verstanden und sich auch nicht die Mühe gemacht, es zu versuchen. Warum also sollten sie ausgerechnet jetzt damit anfangen? Vielleicht kehre ich eines Tages zurück und schaue, was aus ihnen geworden ist. Aber vermutlich kann ich das auch in der Presse lesen. Und ganz ehrlich: Sie tun mir leid. Sie sitzen im goldenen Käfig – aber ich bin frei!! So frei wie nie zuvor! Glücklich wie nie zuvor! Leben – ich komme…

***

Zur gleichen Zeit, als Camille das elterliche Anwesen verlässt, sitzt Chantal am Küchentisch der heruntergekommenen 3-Zimmer-Wohnung im 14. Stockwerk am hässlichen Ende der Stadt und verfasst ebenfalls einen Abschiedsbrief an ihre Eltern und Schwester. Sie ist wütend, traurig, verzweifelt, aber entschlossen zu gehen.

Ich halte es hier mit euch nicht mehr aus! Sauft euch doch den letzten Rest Verstand aus dem Kopf! Ich bin nichts, ich kann nichts – hab's kapiert. Das habt ihr mir ja jeden beschissenen Tag zu verstehen gegeben. Aber da bin ich lieber woanders nichts!!
Chantal

Nikki, werd nicht wie sie!!

Den letzten Satz hätte ich mir schenken können. Nikki wird wie sie, sie ist es jetzt schon. Ich habe so oft mit ihr geredet und ich wollte sie mitnehmen, weg von hier. Sie weiß, dass ich gehe, aber es ist ihr egal, genauso egal wie es unseren Eltern sein wird, dabei habe ich mich so bemüht, die Familie zusammen zu halten. Das, was diese „Familie“ verbindet, ist nur der Alkohol, der sie gleichzeitig zerstört und jeden in den Abgrund seiner eigenen Seele schickt. Und ich kann nicht mehr. Wenn ich bleibe, bringe ich mich früher oder später um. Vermutlich eher früher. Oder ich fange auch noch das Saufen an, dann eher später. Alles ist besser als das hier. Und irgendeinen Platz im Leben wird es doch auch für mich geben!? Da räum‘ ich halt Regale ein oder geh‘ putzen. Ungelernte Deppen zum Ausbeuten werden doch immer gesucht. Irgendwas finde ich. Hier im Viertel hängt man fest, da hat man keine Perspektive auf ein besseres Leben. Schau‘ dich um: Es geht nach der Schule einfach irgendwie beschissen weiter. Es wird geschrien, gesoffen, geschlagen ... Hoffnungslosigkeit ist hier der Alltag. Träume von einem besseren Leben sind Spinnerei – und wenn du sie nicht aufgibst, dann bist du noch mehr außen vor. »Bist wohl was Besseres als wir? Ich prügel‘ dich schon wieder auf den Boden der Tatsachen ...« Wenn ich bloß nicht noch weiter unten lande. Doch lieber bleiben? Wieder kommen Zweifel auf. Wie soll ich das bloß schaffen?

Chantal liest noch mal den kurzen Brief, den sie gerade an ihre Eltern geschrieben hat. Liest jedes Wort mit Bedacht. Ja, das ist alles wirklich so. Bleiben hat keinen Sinn. Ich MUSS hier weg. In der Küche hängt ein Bild von einem kleinen Hund mit dem Spruch „Den Mutigen gehört die Welt.“ Chantal lächelt, der Spruch hat ihr schon öfter geholfen. Die Eltern werden es nicht vermissen und so steckt sie es noch in ihre Tasche, legt den Haustürschlüssel neben den Brief und geht in Richtung Tür, stockt kurz, geht noch mal zum Tisch zurück und ergänzt:

P.S. Ich bring mich nicht um, ihr braucht die Polizei nicht zu alarmieren!

Ob sie das überhaupt täten? Man weiß ja nicht, aber Chantal hat keine Lust, vermisst gemeldet zu werden. Sie schaut kurz ins Wohnzimmer, wo beide gebannt vor der Glotze hängen, in der gerade irgendeine Reality-Serie flimmert.

Ich möchte einfach nur mein Leben leben. Überhaupt mal ein Leben haben. Das bisherige hat den Namen nämlich nicht verdient. »Tschüssikowski«, flüstert Chantal und verlässt für immer die Wohnung.

***

Ist es nun Zufall oder Schicksal, dass sich Camille und Chantal im Park einige Stunden später begegnen? Vorsichtig beäugen sie sich und spüren intuitiv, dass sie verwandte Seelen sind. So wundert es nicht, dass die beiden schnell ins Gespräch kommen und dabei feststellen, wie viel sie gemeinsam haben. Sie beschließen, sich gemeinsam durchzuschlagen.

***

Erst Jahre später werden sie begreifen, dass sie bereits in diesem Moment alles gefunden haben, was ihnen zuvor gefehlt hatte.

Vier Wochen, drei Tage

von Daniel Mylow

Lauf. Lauf, befiehlt er sich. Das schweißnasse Hemd klebt an der Haut. Schwarz steht der Himmel über dem Wasser. In der Stille der mittäglichen See verschwindet die Landschaft. Jeder Luftzug schmerzt in seiner Lunge. Das Unwetter bricht los, als er den Parkplatz am Hafen erreicht. Ein Donnergrollen legt sich auf die bleigraue Wasserfläche. Die Luft wird schwer und kalt. Zu weißem Schaum aufgepeitscht dringen die Wellen in das Hafenbecken. Er ringt nach Luft. Die Bäume schwanken. Vom Wind durchleuchtet, ziehen sich Gebäude und Schiffe zu dunklen Schatten zusammen. Im Auto kauernd umgibt ihn eine nahezu fühlbare Schwärze. Im Lichtkreis der Scheinwerfer rennt eine Gestalt auf ihn zu. Taucht auf. Verschwindet wieder zwischen den Wasserwirbeln auf der Scheibe. Er startet den Motor. Jemand reißt die Beifahrertür auf. Schauertropfen kalten Wassers glitzern auf den Armaturen und auf seiner Haut. Der dunkelhäutige Junge neben ihm atmet schwer.

»Fahren! Fahren!«, fleht er ihn an. Bevor er reagieren kann, explodiert eine Flut hellen Lichts vor seinen Augen. Ein Blitz zerteilt den Himmel. »Wer bist du? Was machst du hier?« Seine Stimme überschlägt sich. Er widersteht dem ersten Impuls, den Jungen aus dem Wagen zu werfen. Irgendwer taucht vor seinem Fenster auf. Sein Fuß tritt das Gaspedal durch. Das Auto schießt unter den Fensterhöhlen verlassener Fischerhütten auf die Chaussee. Tintig schimmert die Luft durch ein Gewölbe aus dichtem Blattwerk. Am Ende der Allee hält er. Er beugt sich über den Jungen und stößt die Tür auf. »Raus!«

Der Junge zögert. Leise sagt er: »*Tschüss.*« Dann verschwindet er zwischen Regenschleiern in den angrenzenden Wäldern.

***

Die Wohnung ist leer. Er duscht kalt. Die Lippen fest aufeinandergepresst, denkt er: was jetzt. Hätte längst Meldung machen müssen. Die Kacheln im Bad erinnern ihn an das Gebäude, in dem sein Sohn jetzt untergebracht ist. Von außen ähnelt es einem gefliesten Sarg. Er isst und hört Satie. Sein Sohn isst nicht. Er spricht nicht. Er spielt kein Klavier mehr. Mitten auf der Tournee hörte er auf zu spielen. Saß nur noch im Hotelzimmer und starrte die Wand an. Das Ende einer Pianistenkarriere, die im Alter von sieben begonnen hatte. Als niemand mehr einen Rat wusste, haben sie ihn in die Klinik gebracht.

Eine lichtlose Nacht liegt vor den Fenstern. Am Klavier sitzend schläft er ein.

Ein dumpfes, flehendes Pochen reißt ihn aus dem Schlaf. Müde bewegt er sich zur Tür. Der Junge steht im Hausflur. Er streckt ihm eine Brieftasche entgegen. »Auf Boden. Im Regen«, sagt der Junge.

»So, so«, entgegnet er. Im gleichen Moment bereut er seinen Ton. Das Unwetter. Der Autoschlüssel in der Hosentasche. Seine hastigen Bewegungen. Er zögert. »Komm rein.«

Der Junge steht am Esstisch. Es tue weh, wenn er sitzen müsse. Die zweite Portion Spaghetti verschwindet in seinem Mund. In gebrochenem Englisch antwortet er auf die Fragen. Seine Worte sind wie flache Steine. Sie schlagen mehrmals in ihm auf, bevor sie ihr Ziel erreichen. »Woher kommst du?«, fragt er ihn. »Sudan.« Die Augen des Jungen leuchten. Er sei aus dem Lager am Hafen geflohen. Die Containerstadt der Illegalen, erinnert er sich. Jede Woche werden es mehr. Woher die alle kommen? Nicht sein Einsatzgebiet. »Warum?«, fragt er. Der Junge weint. Die älteren Jugendlichen hätten ihn geschlagen. Ihm sein Geld abgenommen. Letzte Nacht seien sie zu dritt an sein Bett gekommen. Er verstummt. Auf dem Sofa macht er dem Jungen ein Nachtlager. Er schließt die Tür ab. Morgen, das steht fest, wird er den Jungen seiner Dienststelle übergeben. Er schläft ein paar Stunden. Mehr schafft er nicht. Einmal geht er auf den Balkon und raucht. Es ist still und leer. In glücklicheren Augenblicken hat er hier mit Nadja gestanden. War nicht leicht, diese Wohnung zu kriegen. Nadja möchte jetzt mit keinem Polizisten mehr verheiratet sein. Lieber lebt sie von Hartz IV. Sagt sie. Er weiß, dass sie mit dem Klavierlehrer ihres Sohnes ein Verhältnis hat. Reglos liegt er später auf dem Bett. Du musst dein Leben ändern, denkt er. Er wartet, bis es hell wird.

Der Junge fragt nicht, wohin sie fahren. Nervös schaut er auf die Straße. Als der Wagen auf den Hof der Polizeidirektion biegt, wächst seine Angst. Er zieht ein Messer aus der Tasche. Seine Hände holen aus. Lautlos rammt er sich die Klinge zwischen die Rippen. Der Wagen stoppt. Ungläubig starrt er auf den größer werdenden Fleck auf der Jacke des Jungen. »Verdammt, was machst du?«

Er zieht ihm das Messer heraus. Fluchend rast er durch die Vorstadt. Einige Straßen weiter stoppt er vor einem heruntergekommenen Bungalow. Das Handtuch, das der Junge vor die Brust gepresst hält, ist von Blut durchtränkt. Hektisch drückt er auf die Türklingel. Ein älterer Mann öffnet die Wohnungstür, an der ein verwittertes Praxisschild klebt. Eine Alkoholfahne schlägt ihm entgegen.

»Kümmere dich um den Jungen hier. Ich hab noch was gut bei dir.«

Er schiebt den Jungen in den Flur. »Der bleibt erst mal bei dir. Und zu niemandem ein Wort, hörst du.«

Der Mann nickt. Müde wischt er sich einige graue Strähnen von der Stirn.

***

Am Nachmittag sitzt er bei seinem Sohn am Bett. Er spricht. Der Sohn antwortet nicht. Er starrt auf sein Schattenbild an der Wand. Das Weiß der Erinnerung scheint wie ein Irrlicht auf und verschwindet wieder.

***

Der Arzt ist ein Freund aus alten Tagen. Die Wunde sei nicht tief, sagt er. Der Junge schaut ihn an. Später fragt er den Mann, warum alle Menschen in diesem Land so traurig sind. Doch er scheint zu begreifen, dass er erst einmal in Sicherheit ist.

Er schaut jeden Tag nach dem Jungen. Er hört seinen Erzählungen zu. Er hört von Krieg, von Hunger und einer Gegenwart ohne Zukunft. Kurz bevor er endet, sagt er: »*Tschüss*«, als würde er gehen. *Tschüss*, so erklärt er, ist das erste Wort, das er auf Deutsch gelernt hat. Am Abend fährt er manchmal mit ihm zum Strand. Mit ausgestreckter Hand zeigt er über das Meer: England. Das Wasser spiegelt das flache Irrlicht vom Land. Der Junge blinzelt. Irgendwo dort warte sein Onkel auf ihn. Das sei alles, was ihm von seiner Familie geblieben ist. In London arbeiteten viele Sudanesen. Er wird trainieren. Wenn er soweit ist, wird er durch den Kanal schwimmen. Der Mann schüttelt den Kopf. »Das wird nicht gehen. Du kannst nicht einfach über das Meer schwimmen.«

Der Junge sieht ihn an. Ein schmales Rinnsal läuft aus seinen dunklen Augen.

Am nächsten Tag trifft er Nadja am Bett seines Sohnes. Er erzählt ihr alles.

»Du bist verrückt. Du riskierst deinen Job. Deine Familie. Einfach alles.«

»Was ist das: *Alles*?«, antwortet er. Sie legt ihre Hand auf die Stirn des Sohnes. »Satie«, sagt sie geistesabwesend. »Du musst ihm Satie vorspielen. Dann lächelt er manchmal.«

***

Er schläft noch weniger. Er läuft. Vor der Arbeit und immer wenn er den Jungen besucht hat. Wie damals im Gewitter. Einmal sieht er eine der Fischerhütten am Hafen offen stehen. Er spricht mit dem Fischer. Danach steht er eine Weile rauchend in der Stille der morgendlichen See.

***

Es ist eine Nacht an einem Montag im Herbst. Er weckt den Jungen. Vor ihm steht eine Reisetasche.

»Da sind Sachen, die ich dir gekauft habe. Ist alles in der Tasche. Du wirst nach England gehen.«

***

Das Schiff wartet am Hafen. Er überreicht dem Fischer einen Umschlag. Der Junge wird von kräftigen Händen an Bord gezogen. Er blickt auf die Uhr.

»Vier Wochen, drei Tage«, sagt er zu dem Jungen. »Es gibt verdammt noch mal schnellere Wege, um nach England zu kommen.«

»Ja, Sir«, sagt der Junge. Er lächelt ihn an. »*Tschüss*«, sagt er. Dann verschwindet er unter Deck. Das Boot taucht in das Wasser. Die Positionslichter verflimmern in der Ferne, als hätte man das Schiff in den Himmel versetzt.

Hinterwasser

Von Nicole Peters

Plitsch! Plitsch! Lukas saß auf seiner Bank und beobachtete, wie Regentropfen in die Pfütze platschten.

Flop! Ein besonders großer tauchte ins Wasser, durchbohrte die Oberfläche und zog sie mit sich in die Tiefe. Für einen kurzen Moment entstand ein kleiner Tunnel, wie die Öffnung in eine Unterwasserwelt. Dann ploppte das Wasser zurück. Mehrere Tröpfchen stiegen aus dem Tunnel auf und bildeten einen schwebenden Kranz. Nach einem Moment der Bewegungslosigkeit fielen sie wieder zurück. Ein natürlicher Springbrunnen.

»Lukas, komm endlich herein.« Die Stimme seiner Mutter drang durch den Regenschleier zu ihm. Er sollte ihr antworten.

Sonst kommt sie und holt mich rein. Immer sorgt sie sich.

»Es ist gar nicht kalt«, rief er zurück, ohne den Kopf zu heben. Der Junge konnte den Blick nicht von dem Schauspiel vor seinen Augen lassen. Unmerklich rutschte er immer weiter nach vorne, den Kopf hinunter gebeugt und den Blick starr auf das Wasser gerichtet.

Platsch!

Lukas zuckte zurück. Sein kleiner Bruder war mit nackten Füßen mitten in die Pfütze gesprungen. Das Wasser spritzte ihm bis in sein Gesicht. Er wischte sich über die Augen. »Lass das, Samu!« »Aber das macht Spaß. Komm, probier es auch mal. Zieh die Schuhe aus!« Lachend hüpfte der schmächtige Samuel hinaus und wieder hinein in das Wasser.

Lukas sprang von der Bank auf. »Du machst mich ganz nass. Hör auf damit. Immer machst du Unsinn.«

Plötzlich stand Mama im Garten. »Lukas, was ist los? Komm. Du bist ja schon ganz nass.«

Schnell setzte er sich wieder. »Es ist nichts, Mama. Das ist nur vom Regen.«

Samuel war schon verschwunden, als sie aufgetaucht war. Und Lukas bekam natürlich wieder die Schuld für alles.

»Wie du willst! Aber jammere mir nachher nicht, wenn du dir eine

Erkältung fängst.« Kopfschüttelnd verschwand sie wieder ins Haus. Die Hände über dem Kopf, um ihre Haare vor dem Regen zu schützen.

Lukas atmete durch. Er hatte die ganze Zeit die Luft angehalten. Nun blickte er von links nach rechts durch den Garten, aber sein Bruder war nirgendwo zu sehen.

Wie schafft er das nur?

Lukas zog sich die Schuhe aus, die Socken und krempelte sich die Hosenbeine hoch.

Vielleicht kommt Samu wieder, wenn ich es ihm nachmache.

Er stand auf, blickte zur Sicherheit noch einmal zum Haus. Alles ruhig. Seine Mutter war bestimmt schon wieder in der Küche. Als er vorhin hinaus gegangen war, hatte sie Teig geknetet. Sie backte eigentlich immer. Meistens Samuels Lieblingsplätzchen. Das war okay. Lukas mochte die auch.

Seine Füße wurden kalt auf dem nassen Boden. Er hüpfte von einem auf den anderen. Jetzt gab es kein Zurück mehr. Noch einen tiefen Atemzug und er nahm Anlauf. Den Blick auf die Pfütze gerichtet. Das Gras kitzelte an seinen Füßen. Mit jedem seiner Schritte schmatzte der Boden. Er musste grinsen. *Es stimmt, das macht Spaß.*

»Samu, schau doch!«, rief er, hob seinen Kopf, um nach seinem Bruder Ausschau zu halten. Er durfte das nicht verpassen. *Sonst glaubt er mir nachher wieder nicht.*

Plötzlich ein Schlag an seinem Fuß. Er glitt aus, konnte sich nicht halten. Mit dem Kopf voran stürzte er. Nicht mit den Füßen, mit dem Gesicht tauchte er in die Pfütze ein.

***

Kein Schmerz. Kein harter Aufprall. Stattdessen spürte er die Leere weiten Wassers, das ihn in die Tiefe zog. Wie vor einem Jahr im Sommer, als er mit Samuel zusammen in den Weiher im Wald gesprungen war. Wieder und wieder. Es war heiß gewesen. Die Sonne brachte das Wasser zum Glitzern. Sein Bruder und er waren den Steg entlang gerannt und ins kühle Nass gesprungen. Er war Samu gefolgt, der viel mutiger als er, jedes Mal voran lief. Aber diesmal machte er mit, wurde nicht schneller müde und gab nicht zuerst auf. Bei jedem Sprung umschloss sie das Wasser mit wunderbarer Kühle. Erlaubte ihnen für einen kleinen Moment Blicke auf eine andere Welt. Zusammen mit Fischen und anderen Wasserwesen tauchten sie durch Algen und Wasserpflanzen, die Luft anhaltend und trotzdem ein Lächeln auf dem Gesicht. Bis der Weiher sie ausgespuckte und sie prustend vor Lachen wieder hineinsprangen. Lukas wurde nicht müde. Und als er erneut Anlauf nahm, war er der Erste. Sein Bruder war langsamer geworden und keuchte schon. Und danach war er nicht nur der Erste, der den Steg entlang lief, sondern Samuel folgte ihm schon gar nicht mehr. Er hatte länger durchgehalten als Samu! Er hatte gewonnen! Erst dann bemerkte er, dass Samuel nach dem letzten Sprung gar nicht wieder aufgetaucht war!

***

»Lukas!« Jemand rief seinen Namen. Das musste Samu sein. Er lebte noch! Ich wusste es! Natürlich hatte er es niemandem erzählt. Keiner hätte ihm geglaubt.

Und jetzt kam sein kleiner Bruder endlich zurück. Hinter dem Wasser hatte er auf ihn gewartet. Er musste nur weiter in die Pfütze tauchen und ihn wieder hinausziehen. »Samu, ich komme!«

»Lukas!« Da war er wieder, der Ruf.

»Lukas. Was ist mit dir?«

Er zerrte und zog. Jemand hielt ihn zurück. »Nein!«, schrie er. »Ich muss zu Samu!«

Es war seine Mutter. Sie ließ ihn nicht los. Sie wiegte ihn in den Armen, als wäre er noch ein kleines Kind. *Aber, ich muss Samu doch helfen. Ich hole ihn zurück.*

»Lukas! Komm schon. Tu mir das nicht an!« Sie schrie so laut, dass es in seinen Ohren wehtat. Wie konnte das sein? Im Wasser war doch alles gedämpft, aufgeweicht, still. Er schlug die Augen auf. Sah den Himmel über sich. Er war gar nicht unter Wasser!

»Mama?«

»Es ist alles gut, mein Liebling. Tut dir etwas weh? Du bist böse hingefallen.« Sie rieb seine kalten Füße. »Wir müssen unbedingt diese Wurzel wegmachen. Ich hab immer gesagt, dass da noch etwas passiert.« Ihre Stimme sanft.

Es war leicht, sich in ihre Umarmung fallen zu lassen. Sie kniete neben ihm auf dem nassen Rasen. Selbst schon ganz nass, war ihre

Berührung dennoch warm. Als sie ihn von sich fort hielt, um ihn von oben bis unten zu betrachten, sehnte er ihre Umarmung wieder herbei.

»Mama?«

»Was ist denn, Schatz?«

»Ich muss dir etwas sagen.« Lukas hatte keine Angst mehr. Sie würde ihm glauben. »Ich hab Samu gesehen! Er war hier!«

Ihre Augen schnellten hoch, Hoffnung blitzte in ihnen. Nur kurz. »Oh, Schatz. Ich weiß.«

Sie nahm seinen Kopf in die Hand. Blickte ihn an. »Ich sehe ihn auch immer wieder. Manchmal denke ich, er steht hinter mir in der Küche und schleicht sich an, um am Kuchenteig zu naschen. So wie er es immer gemacht hat. Er hatte doch immer nur Unsinn im Kopf.« Sie lächelte. »Und dann drehe ich mich um und da ist niemand.«

»Mama?«

»Ja?« Sie strich dem Jungen eine Haarsträhne aus dem Gesicht.

»Ich wollte das nicht. Du weißt schon, dass ..., dass Samu stirbt.«

»Nein, natürlich nicht, wie kommst du denn darauf?«

»Weil ... ich hab mich doch so gefreut, dass ich endlich mal gewonnen hab. Dabei ...« Tränen liefen ihm nun über das Gesicht und vermischten sich mit den Regentropfen. Samu würde niemals wiederkommen. Das wusste er jetzt.

Sie drückte ihn wieder an sich, strich ihm über den Rücken. »Oh Lukas! Es war nicht deine Schuld.«

»Aber, warum sehe ich ihn dann immer wieder?« Schluchzend vergrub er sein Gesicht in ihrer Brust.

»Ich weiß es nicht. Vielleicht, weil du dir so sehr wünschst, dass er noch hier wäre.«

Er hob seinen Kopf. Blickte zu ihr hoch. »Dann bist du mir nicht mehr böse?«

Auch sie weinte jetzt. »Ich war dir nie böse, Lukas. Es war nicht deine Schuld. Manche Dinge passieren einfach. Niemand hat daran Schuld.«

Er nickte.

»Komm, lass uns hinein gehen.« Sie stand auf und zog Lukas mit hoch. Gemeinsam gingen sie zum Haus. »Ich koche uns einen Kakao und dann gucken wir zusammen die Fotos von Samuel an. Auf jedem

Foto lacht er. Und wir können dann mit ihm lachen, so wie früher. Alle gemeinsam.«

Lukas blieb stehen. »Ich vermisse ihn, Mama.«

»Ich vermisse ihn auch.« Sie reichte ihm die Hand und der Junge nahm sie. »Aber wenn wir uns gemeinsam an ihn erinnern, wird er immer noch ein bisschen bei uns sein.«

Es hatte aufgehört zu regnen. Lukas blickte in den Himmel. Ein Gedanke. Ein Lächeln.

»Weißt du noch, wie er Tante Wilhelmine den Grashüpfer in die Handtasche gesteckt hat und der ihr mitten ins Gesicht gesprungen ist, als sie ihr Stinke-Parfüm rausgeholt hat?«

»Das war Samuel?«, fragte seine Mutter.

Lukas nickte.

Ihr Lachen wischte die Tränen fort. Sie legte den Arm um ihren Sohn. Gemeinsam gingen sie ins Haus.

Keiner von beiden sah den Jungen an der Pfütze stehen. Er winkte ihnen nach. Die Sommersprossen auf seinem Gesicht tanzten, so breit war sein Grinsen.

Schluss mit lustig

von Aide Rehbaum

Seit drei Monaten ist Frieden. Seitdem ist nichts mehr, wie es war. Angefangen hat es mit dem Bandwurm aus Wagen, der stundenlang durch unsere Straße gezogen ist. Die Frauen haben Betttücher in Streifen gerissen und unseren Soldaten an den Arm gebunden, damit sie nicht erschossen werden. Der letzte hat gerufen: »Hinter uns kommen die Russen!« Wir haben bis in die halbe Nacht im Keller gehockt und gezittert. Die Russen sollen Teufel sein. Was machen sie mit uns, Mutti, wenn sie runterkommen, hat meine Schwester gefragt. »Ach, Kindl, die Russen«, seufzt sie. »Wenn sie uns umbringen, sind wir schnell im Himmel.« Wir hören zweimal einen Knall und dazwischen wummert das ganze Haus von den Panzern, die vorbeifahren, sonst ist nichts weiter passiert.

Drei Tage später ist der Tross gekommen. Seitdem haben sie auf dem Sportplatz ihr Lager aufgeschlagen. Wir Dorfjungen haben uns sicherheitshalber weiße Streifen umgebunden und beobachten das Treiben. Im Gebüsch haben wir uns getarnt und sehen, wie auf Lagerfeuern gekocht wird. Herr Bartusch nennt es Polackenwirtschaft. Alles liegt Kraut und Rüben im Dreck, wo sie es gerade fallengelassen haben.

»Das riecht himmlisch«, sagt Adolf. »Mir läuft das Wasser im Mund zusammen.«

Hunger haben wir, trotz Frieden. Von Schlaraffenland keine Spur.

»Du, der winkt uns, Helmut.« Adolf steht schon und zieht mich in die Höhe. Geduckt hechten wir von Strauch zu Strauch, dann gehen wir aus der Deckung. Die Soldaten rufen und klappern mit ihren Löffeln, klopfen uns auf die Schulter, als wir vor ihnen stehen. Vor dem Kessel fallen wir fast auf die Knie. Dieser Duft! Am Blechnapf verbrennen wir uns die Finger, die Soldaten lachen. Ein Indianer kennt keinen Schmerz, das sind Freudentränen. Der erste Löffel verbrüht die Zunge. Wir essen mit Andacht und fragen nicht, was in der Suppe schwimmt. Einer aus der vierten Klasse behauptet, die schießen sogar Ratten, aber das glaube ich nicht.

Satt wischen wir den Mund am Ärmel ab. »Die sind freundlich«, sagt Adolf. »Trotzdem traue ich denen nicht. Sie sind schließlich unsere Feinde gewesen.« Da muss ich ihm recht geben. Ohne Friedenspfeife geht gar nichts, aber vielleicht kennen die Winnetou nicht.

Adolf fragt: »Weißt du, was sie mit den Frauen machen?« Ich zucke mit den Achseln. Wahrscheinlich werden die Soldaten sie schlagen. Jeden Abend höre ich welche in der Nachbarschaft schreien, genauso wie die Frau Wondraschek, wo wir unsere Milch holen, schreit, wenn sie der Alte verprügelt.

Die Sonne brennt senkrecht. »Ich muss nach Hause, Addi. Die werden schon warten.« Trotzdem lasse ich mir Zeit. Das Schulhaus ist geschlossen, aber jetzt sind eh Ferien. Daheim gehe ich zuerst in den Garten und setze mich auf die Schaukel im Kirschbaum. Nicht weit vom Stamm hat Vatti neulich ein Loch gemacht und seine Orden aus dem Ersten Weltkrieg vergraben. Immer höher schaukle ich, bis ich hinter dem Schuppen unseren Schleichweg sehe, der von Garten zu Garten im Slalom durch die Hecken führt bis zu Mitzi, der Freundin meiner Schwester Ilse. Für den Ernstfall, sagen wir. Da spielt Ilse neuerdings mit mir Räuber und Gendarm, obwohl sie schon sechzehn ist. Früher war sie sich zu fein dafür mit einem Neunjährigen zu spielen. Uns kriegt keiner. Vierzehn Tage hat Ilse mit Mitzi fünf Häuser weiter in einem Versteck gesessen. Die Tür war von außen mit einem Schrank zugestellt. Sie hatten Spielzeug und Essen und mussten auf einen Eimer gehen, der nur im Dunkeln ausgeleert wurde. Schade, dass ich nicht dabei sein durfte.

„Helmut!", ruft es aus dem ersten Stock.

Ilse kommt um die Ecke. Sie hat wieder ihr ältestes Kleid an, ein schwarzes Kopftuch wie eine Bäuerin und das Gesicht beschmiert mit Marmelade und Ruß. Das ist lustig. Anders darf sie nicht raus.

Ich rufe: »Wer stinkt, wird nicht gefressen, das weiß jede Kröte.«

Sie wirft einen Zapfen nach mir und verschwindet im Haus. »Helmut«, ruft Mutti noch mal, leicht gereizt.

Bevor sie schimpft, mache ich lieber eine Schnellbremse. Meine Fersen krachen auf den Boden. Autsch! Das tut weh! Einen Moment hocke ich mich auf den Hackklotz, bis der Schmerz nachlässt. Mit zusammengebissenen Zähnen humple ich zur Tür.

Im ersten Stock sehe ich meine Schwester, wie sie im Vorbeigehen ihrem zerzausten Spiegelbild im Glas über der Kredenz eine Grimasse schneidet und das Blechkännchen abstellt. Dann geht sie an den Spülstein und schält Kartoffeln. »Sie sind wieder beim Bartusch-Bauern«, sagt sie. »Am Misthaufen steht der Panjewagen.« Das ärgert mich, weil ich es glatt übersehen habe.

Mutti reißt entsetzt die Augen auf, murmelt ein »Gegrüßest seist du, Maria«. Ihre Lippen beben. Vatti fällt die Pfeife fast aus dem Mund: »Hat dich einer gesehen?«

Sie haben Angst, alle miteinander. Besser, ich erzähle nichts von der Suppe.

Da wummert es unten an die Haustür. »Aufmachen, los!« Der Kartoffelschäler klirrt auf die Fliesen. Das ist der Ernstfall! Wir sitzen in der Falle. Raus geht nicht. Zur Hintertür muss Ilse an der Haustür vorbei und die hat Scheiben. Das hat keiner bedacht. Mutti presst die Faust gegen die Zähne.

»Los, Ilse, komm.« Vielleicht gehen die Soldaten nicht in jedes Zimmer, denke ich. Unten splittert Holz. Mit einem lauten Krachen knallt die Haustür gegen die Wand. Wir rennen auf Socken ins Schlafzimmer. Wo sind wir sicher? Im Kleiderschrank? Zwischen den Kommoden? Eigentlich ist das Zimmer so voll mit Möbeln, dass man sich kaum drehen kann. Ilse steht wie erstarrt, ich reiße an ihrem Ärmel: »Schnell! Krabble unter mein Bett!« Es steht an der Wand im rechten Winkel zu den Doppelbetten unserer Eltern. Davor das von Ilse. »Das ist zwecklos«, wehrt sie sich, »da werden sie als Erstes nachschauen! Und dreckig ist es.« Als ob das bei ihr noch was ausmacht. Im Erdgeschoss schmettert eine Tür ins Schloss. Ich höre Kreischen und danach unverständliches Grunzen.

»Los, mach schon!« Ich werfe mich gegen sie und ringe sie zu Boden. Überraschung ist alles, ansonsten hätte ich das nicht geschafft, sie hat mehr Kraft als ich.

Gepolter im Erdgeschoss dröhnt von Zimmer zu Zimmer.

»Drück dich ganz in die Ecke!« Ich stoße nach, endlich hat sie kapiert. Sie ist zwar nicht zu sehen, aber es braucht sich nur einer zu bücken. Also muss ich ihr Bett noch davor ziehen. Doch das eiserne Rohrgestell rührt sich nicht vom Fleck.

Jetzt stampfen sie die Treppe herauf, die fünfte Stufe von oben knarrt, dann die zweite. Die Glasscheibe der Wohnungstür zerbricht. Mutters Gejammer wird von einer Geige unterbrochen. Der Bogen springt über die Saiten, dreckiges Gelächter, ein paar Takte Gesang, dann Gebrüll. Ein Walzer, offenbar will Vatti ablenken.

Ich kneife die Augen zusammen und rutsche mit den Socken über die Dielen, der Kopf dröhnt mir, aber das Bett steht wie am Boden festgeschraubt.

»Du musst drücken«, zischt Ilse.

Das Haar klebt mir am Kopf, mir wird heiß, die Füße brennen und stechen. Endlich! Langsam schiebt sich der Eisenguss über das Linoleum. Schwere Stiefel poltern ins angrenzende Zimmer.

Mit letzter Anstrengung stemme ich mich zwischen Schrank und Bett, bis die Arme ganz ausgestreckt sind. Jetzt stehen die Betten direkt nebeneinander. Da passt keine Hand dazwischen. Will jetzt einer drunterschauen, muss er sich schon hinknien und den Kopf verrenken. Ich werfe mich ins vordere Bett und ziehe die Decke über den Kopf. Mutti wird schimpfen, wenn sie das sieht. Mein Herz schlägt bis zum Hals. Mit einem Ruck wird die Stubentür aufgerissen. Ich halte die Luft vorsichtshalber an. Hoffentlich niest Ilse nicht. Keinen Mucks gebe ich von mir, aber meine Ohren sind gespitzt. Einer rasselt beim Atmen. Ich stelle mir vor, wie sie das Zimmer mustern.

»Krank, mein Sohn«, sagt Vatti aus dem anderen Zimmer. Einer, der krank ist, liegt nicht mit Lederhosen im Bett und keucht auch nicht wie nach einem Hundert-Meter-Lauf.

»Wo Tochter?«

Mutter schnieft: »Tochter, njet.« Ich würde zu gerne einen Blick riskieren, aber dazu müsste ich mich drehen. Einer stapft ein paar Schritte in den Raum, der andere rührt sich nicht. »Abgechauen«, er spuckt auf den Fußboden. Ich sehe förmlich den Fladen platschen. »Dawai, Uhr!« »Nebenan ... in der Küche ... da ist Uhr«, sagt Vatti.

Ich atme aus, als die Schritte sich entfernen. Kommen sie noch einmal zurück? Es dauert, bis meine Eltern Entwarnung geben. Ihre Gesichter sind grau. »Helmut, Gott segne dich, mein Bub«, flüstert Mutti. »Morgen in aller Frühe ziehen wir los, das heißt, heute Nacht wird gepackt.« »Wohin gehen wir?«, frage ich, besorgt wegen meiner Füße »Der Busch-Bauer fährt uns mit dem Pferdewagen bis zur Grenze. Unsere Wagen dürfen wir dranhängen. Wir nehmen nur das Nötigste mit. Lange wird es bestimmt nicht dauern, dann sind die Russen wieder weg.«

Einen Wagen hat Vatti selber gebaut mit Fahrradreifen, hat er was geahnt? Dann haben wir noch den Leiterwagen. Darauf kommen die Bettsachen, fünf Rücksäcke, drei Koffer und ein Sack. Ilse und ich dürfen auswählen, was uns am wichtigsten ist. Ich nehme den Holzlaster, den brauche ich.

Im Frühtau ziehen wir zu Berge, reichlich langsam und ich hinten auf dem Wagen, aber was will man machen, wenn die Füße so geschwollen sind, dass nur Hausschuhe passen. Ausgerechnet jetzt. Ich bin aufgeregt, oben auf dem Kamm des Erzgebirges war ich noch nie. Was sehe ich denn da? Einen zerschossenen Panzer, die Klappe steht offen. Da muss ich mal rein. Vatti würde es bestimmt nicht erlauben. Deshalb lasse ich mich vom Wagen fallen und tu so, als ob ich mal pinkeln müsste. Kaum sind die anderen hinter der Kurve verschwunden, kraxle ich an dem Ungetüm hoch. Mensch, ist das eng, da darf man nicht dick sein, sonst holt man sich ja ständig blaue Flecken, wenn man die Granaten ... Mich laust der Affe, da stecken noch welche in den Halterungen! Mir wird mulmig. Schnell raus hier. Ich seh mich explodieren, Ratta zong! und werfe mich draußen auf den Boden. Schnell aufspringen ist nicht, ich könnte heulen über meine Füße. Am liebsten würde ich auf allen vieren den anderen nach. Ich rolle in den Straßengraben, da liegt ein passender Stock.

»Wo bleibst du nur?«, schreit Mutti, als ich herangehumpelt komme und mich auf den Wagen ziehe. Was regt sie sich so auf? Die Vögel zwitschern inzwischen, es riecht nach Harz, ein Eichelhäher schreit. Es fehlt nur noch ein Stocknagel auf meinem Prügel.

»Heuer gibt's viele Blaubeeren.« Meine Ablenkung zieht. Niemand schimpft mit mir.

Die Straße wird steiler und kurvenreicher. Und dann sind wir da. Der Bauer, der uns heraufgezogen hat, wendet und fährt zurück. Zum Dank hat Mutti ihm was in die Hand gedrückt. Wir alle schauen ihm hinterher, Mutti mit Tränen in den Augen. Links steht eine große Holzbaude, gegenüber auf der Wiese haben tschechische Soldaten Tische aufgestellt. Da tummelt sich eine Menge Volk auffallend ruhig. Es dauert, bis wir endlich drankommen. »Auspacken!«

»Alles?«

»Ja. Taschen, Koffer, Wagen und Hosentaschen.« »Bitte sehr«, Vatti hält seine Jacke seelenruhig auf, damit sie ihm die Hosen abklopfen können. Mutti hat ins Futter den Fotoapparat eingenäht. Den finden sie nicht, auch nicht das Holzkästchen von Ilse, das in die Federbetten eingewickelt ist. Schuhcreme und Zigaretten kassieren sie mit unbewegter Miene. Am Nachmittag heißt es: »Schließt euch dem Zug an, er geht unter Bewachung nach Geising.« Über hundert Leute, ausgestattet wie wir, drehen sich stumm noch einmal um. Im blauen Dunst verschwinden die Berge, so wie sie Vatti mit Wasserfarben gemalt hat auf den Bildern, die gerollt im Gepäck sind. Die wollte keiner haben.

Steinzeit

von Andrea Z. Rhein

Zuerst dachte ich, klar, eine Grippe im Anmarsch. Steife Glieder, Halskratzen, Enge in der Brust. Dazu lähmte mich eine tonnenschwere Müdigkeit und eine sich tief aus dem Inneren ausbreitende Kälte.

Jetzt bin ich mir nicht mehr so sicher. Es drückt und kneift nicht nur am ganzen Körper, selbst das Denken strengt mich an. Ich nehme mir frei. Während die Kolleginnen Damenoberbekleidung einsortieren, den Kundinnen schlecht sitzende, aber teure Ware andrehen und süßes Lächeln als Dreingabe verschenken, verbringe ich die Vormittage in der Badewanne unter einem ständig nachlaufenden Heißwasserstrahl, die Nachmittage bibbernd unter drei Bettdecken.

Mein Hausarzt findet nichts, keine Viren, keine Entzündungswerte im Blut, keinerlei Auffälligkeiten. Vielleicht Stress?, schlägt er unbestimmt vor und zieht etwas zu auffällig die Akte des nächsten Patienten vom Stapel.

Ich schleppe mich nach Hause.

Unterdessen kriecht die Kälte bis in meine Fingerspitzen. Und die Schwere. Meine Arme gleichen Marmorpfeilern, selbst die Haare ziehen wie Eiszapfen an der Kopfhaut. Ich stehe vorm Spiegel: Ein matter Grauschleier überzieht meine Haut, die strohig gewordenen Haare.

Holger schaut kurz vom Bildschirm auf, als ich vom Arztbesuch berichte. »Stress? Mmh. Ist bestimmt so'n Frauenkram, Memopause, oder wie das heißt. Naja, bis zum Hochzeitstag sind's ja noch`n paar Wochen«, tut er ab und ist mit einem Augenschlag zurück in seiner Computerwelt.

Unser Hochzeitstag. Zwanzig Jahre. Wir machen einen Kurzurlaub. Sein Vorschlag. Ich bin nicht so überzeugt.

***

Ich öffne die kurze Kontaktliste und stoße auf Silvia, eine alte Schulfreundin. Wir sind beide kinderlos geblieben und hatten uns eine Zeit lang hier und da verabredet. Doch dann war sie mir zu anstrengend geworden mit ihrem strotzenden Selbstbewusstsein und ihrer dauernden Unternehmungslust. Ich zögere kurz, dann drücke ich auf den grünen Hörer. Sie willigt sofort ein mich zu treffen, als hätte sie auf meinen Anruf gewartet.

Ach, Glieder- und Gelenkschmerzen – energisch rührt sie in ihrem Kaffee – das kenne sie auch. Außerdem Hitzewallungen und Schweißausbrüche, »so viel, dass du drauf ausrutschen kannst, Schätzchen«, versichert sie. Zugegeben, meine Symptome klängen etwas krass, aber irgendwann träfe es eine jede von uns, damit müsse ich mich abfinden.

Ich erwähne den Hochzeitstag.

»Großer Gott, zwanzig Jahre! Das ist mal `ne Leistung. Hätte ich ja gerne gefeiert, aber Frank hat vorher Fersengeld gegeben.« Mit zusammengekniffenen Augen bläst sie mir ihren Zigarillo-Rauch ins Gesicht. »Aber wenn du dich für euer Wochenende fit machen willst, kann ich dir meinen Beauty-Builder empfehlen«, so nennt sie ihren Botoxbehandler.

Unter großer Kraftaufbringung versuche ich ein Kopfschütteln, während ich mit steifen Fingern den Wollponcho Millimeter für Millimeter über der Brust zusammenziehe. Er kommt mir nicht nur viel schwerer, sondern auch größer vor als vorhin beim Anziehen.

»Ein bisschen Nachhilfe wirkt Wunder, Schätzchen«, verkündet Silvia. Ein leichter Schauer streift mir über den Nackenwirbel. Unwillkürlich muss ich an Holgers letzten Annäherungsversuch vor ungezählten Wochen denken. Wie linkisch und plump ich mir vorkam. Ohne rechte Lust dachte ich, es müsste mal wieder sein, nach so langer Zeit und ihm zuliebe. Wenn ich ehrlich bin, kam es mir ganz gelegen, als er schließlich aufgab.

»Du brauchst einfach neuen Schwung in deinem Leben«, zeigt Silvia sich zuversichtlich und drückt ihren Zigarillo im Aschenbecher aus.

Schwung? Mein Leben? Ein kleines Echo ihrer Worte hallt in mir nach. Erinnerungen tasten durch mein Bewusstsein wie Autoscheinwerfer durch den Nebel: Ein kindliches Hopsen auf der Straße, ein Überraschungsbesuch einer Nachbarin, eine fesselnde Diskussion, ein herzhaftes Lachen. Wie lange ist das alles her?

»Also, überleg's dir, Schätzchen!«, ruft Silvia mich in die Wirklichkeit zurück und erhebt sich.

Ich krieche zum Taxistand. Für die wenigen Treppenstufen in die Wohnung brauche ich mehr als dreißig Minuten, fürs Umziehen neunzig.

***

Mitten in der Nacht erwache ich. Die Kälte, die mich nun ganz und gar in Beschlag genommen hat, ist unerträglich geworden. Ich will aufstehen, mir eine Wärmflasche holen. Aber meine Beine lassen sich einfach nicht bewegen. Schwer wie Beton ruhen sie zwischen den weichen Daunen. Ebenso die Arme, die Hände, der Kopf. Nichts rührt sich.

Es gelingt mir leidlich, mein rechtes Lid einen winzigen Spalt zu heben. Etwas leuchtet schwach weiß, als blickte ich gegen die Bettdecke.

Ich setze an, Holger zu rufen, der in seinem Zimmer nebenan schnarcht, kann aber den Mund nicht öffnen. Stattdessen purzelt ein eigenartiger Klackton aus meiner Kehle. Habe ich ihn erzeugt? Ich spüre meiner Zunge nach. Doch anstelle des gewohnt wendigen Organs liegt ein harter, unbeweglicher Klumpen in der Mundhöhle.

Seltsam, ich sollte in Panik geraten, aber ich bin ganz ruhig, ja geradezu gefasst. Ich nehme einfach hin. Mein Herz schlägt leise im gleichen, trägen Takt. Und ich falle zurück in einen Schlaf.

***

Ich höre ferne Geräusche, wie aus einer anderen Welt. Jetzt kann ich die Augenlider nicht mehr heben. Kann keinen Gedanken mehr halten.

»Hanna?« Holgers Stimme. Sie nähert sich. »Hast du meinen Autoschlüssel gesehen?« Er schlägt die Bettdecke zurück.

»Nanu?« Er nimmt mich in seine warmen Hände. Dreht und wendet mich. Für einen Moment ist mir, als flösse Leben in mich zurück.

»Hanna, wo bist du?«, ruft er und legt mich zu den Muscheln und Fossilien auf die Kommode.

Katharinas Tagebuch

von Angela Rother-Busche

Katharina schrubbte verbissen mit einer alten Zahnbürste an den Fliesenfugen in der Dusche herum und versuchte dabei, möglichst wenig zu atmen, um nicht so viel von dem ätzenden Anti-Schimmel-Mittel in ihre Lungen zu ziehen. Das ganze Haus stank danach und Volker hatte sie wie immer für völlig irre erklärt. Sie konnte seine Argumente schon nicht mehr hören: Ihr Haus sei kein Ausstellungsstück, man solle ruhig sehen, dass man darin lebte, niemand würde sich die Fugen mit der Lupe ansehen…

***

Dazu brauchte man keine Lupe, die teilweise dunklen, fast schwarzen Fugen sprangen einem förmlich ins Auge! Selbst bei schon jetzt beginnender Altersschwachsichtigkeit! Erschwerend kam hinzu, dass sie ihrer Mutter durchaus zutraute, den Duschvorhang zwecks Fugeninspektion zurückzuziehen und wie stand sie dann da? Dreißig Jahre lang hatte Katharina mit Erfolg versucht, dem idealen Frauenbild ihrer Mutter zu entsprechen und dieses Trugbild, mit viel Schweiß und Kraft erarbeitet, sollte mit einem einzigen Zug am Duschvorhang zerstört werden? Nein! Lieber würde sie ihren fünfzigsten Geburtstag absagen, falls sie ihr Putzprogramm bis dahin nicht schaffte und vorgeben, krank zu sein.

***

Am nächsten Morgen ging sie beim morgendlichen Kaffee alle Punkte durch, die bis zur großen Feier in drei Tagen noch erledigt werden mussten. Sie war eigentlich ganz gut im Rennen, wenn sie nicht zwischendurch schlapp machen würde. Denn es geschah nicht selten, dass sie unangenehme Pflichten aufschob und sich vormachte, es sei ja noch viel Zeit, das würde sie alles locker schaffen! Häufig war es aber so, dass sie dann mächtig in Zeitdruck geriet, unleidlich mit ihrem Mann und den Kindern wurde; die Beiträge und Hilfe ihrer Söhne waren sowieso nicht der Rede wert, im Gegenteil, Katharina musste sie anflehen, wenigstens ihre Zimmer aufzuräumen. Volker machte die Vorbereitungen zwar tatkräftig, jedoch zähneknirschend mit, gab ihr aber wie immer das Gefühl, hysterisch und übertrieben, ja, gar sinnlos zu agieren.

***

Und dieses Mal hatte sie zu einem wirklich großen Fest eingeladen! Zu ihrem Fünfzigsten sollten auch fünfzig Leute kommen. Das erforderte in ihrem nicht sehr großen Haus eine durchdachte Logistik. Das meiste erledigte sie selbst, bis auf ein paar Salate und Kuchen, die Freundinnen mitbringen würden. Und ihre über achtzigjährige Mutter würde eine riesige Menge ihrer unnachahmlichen Mousse au Chocolat zubereiten. En passant natürlich, sozusagen mit einem Fingerschnippen. Sie musste sich eigentlich nur noch um die Tischdekoration kümmern, alles andere war im Prinzip fertig oder zumindest gut geplant, sie konnte stolz auf sich sein!

***

Trotzdem war da dieses Gefühl, sie konnte es nicht wirklich fassen. Diese Fünf als erste Zahl ihres Alters war schon beunruhigend. Andererseits fand Katharina es albern, sich diesem unangenehmen Gefühl auszuliefern, dazu war sie viel zu vernünftig. Es war nicht schlimm gewesen, vierzig zu werden, warum nun also sollte es bei der Fünfzig anders sein? Weil du dein Alter jetzt nicht mehr als Lottozahl nehmen kannst, zum Beispiel ..., kam ihr in den Kopf. Sie schob diesen Gedanken amüsiert beiseite, so lange Leute, die sie zum ersten Mal kennenlernten, noch dachten, sie sei Ende dreißig bis höchstens Anfang vierzig, war doch noch alles im Lot, redete sie sich ein. Blöd nur waren die beginnenden Hitzewallungen, die sie jetzt ab und an sichtbar für alle durchströmten. Wenn es irgendwie ging, flüchtete sie dann schnell auf die Toilette.

***

Gestern Morgen erst hatte sie einen Artikel online in der Süddeutschen gelesen, dass es Überlegungen gab, ab fünfzig jährlich eine Führerscheinprüfung abzulegen, um die Unfallrate bei Senioren zu senken. Beim Lesen hatte sie sich empört: »Senioren« ab fünfzig?? War sie ab Samstag plötzlich eine Seniorin? Über Nacht? Das war doch lächerlich! Die meisten Männer fanden sie attraktiv, sogar auch deutlich jüngere und irgendwie war es ihr wichtig, zugeben würde sie das allerdings nie! Sie dachte aber manchmal daran, dass auch sie irgendwann alt aussehen würde und der Gedanke machte ihr Angst. Sie schämte sich ihrer Oberflächlichkeit, denn behauptete sie selbst nicht immer ganz vehement, dass es auf Äußerlichkeiten nicht ankäme? Diese Einstellung konnte sie auf andere Menschen auch sehr gut anwenden, aber auf sich selbst?

***

Einige von Katharinas Freundinnen waren schon Großmütter und so herzig und süß sie die Kleinen auch fand, war ihr der Gedanke ungeheuerlich. Hatte sie nicht vor einigen Wochen noch selbst bangend einen Schwangerschaftstest gemacht? Sie sah sich zwar, wenn sie alt sein würde, mit hoffentlich zahlreichen Enkeln, aber das war doch noch weit weg! Und überhaupt, ab wann war man alt? Die Kategorisierung „alt" schob sich offensichtlich an jedem Geburtstag weiter nach vorne. Dachte eine Siebzigjährige folglich dann auch, dass sie erst in ein paar Jahren alt sein würde?

***

Unwillig schob sie den Kaffeebecher beiseite und raffte sich auf, ins Büro zu radeln. Sie kämpfte schon eine ganze Weile mit ihrem Übergewicht und das Radfahren erschien ihr wichtig, um es nicht noch mehr ausufern zu lassen. Nach der Arbeit würde sie sogar ein paar Kilometer mehr verbuchen können, weil sie noch zu dem Deko-Laden musste. Außerdem würde sie, nachdem sie für ihren Jüngsten das Mittagessen gekocht hätte, den Garten in Ordnung bringen; falls das Wetter am Samstag mitspielen sollte, könnten sie auch dort feiern, im Moment sah es gut aus, es versprach, ein schöner Herbsttag zu werden. Das wiederum würde für sie Mehrarbeit bedeuten, im Garten wie auch im Haus musste eingedeckt werden.

***

Am Abend bedauerte Katharina, dass das bestellte Kleid für den Geburtstag leider nicht ihren Vorstellungen entsprach. Sie sähe darin noch dicker aus und es würde am Bauch so eng anliegen. Volker rollte nur mit den Augen und erzählte von einer Arbeitskollegin, die auch einen kleinen Bauch hätte, aber dazu stehen und toll aussehen würde, Katharina solle doch ihren Körper annehmen, wo sei das Problem? Katharina dachte an die in ihren Augen schlanke Kollegin, die man nun wirklich nicht mir ihr vergleichen konnte. Schlechtgelaunt suchte sie nach Alternativen in ihrem Kleiderschrank. Stattdessen fand sie in einem unteren Fach weiter hinten ihr altes Tagebuch aus Jugendzeiten, in das sie sich auf dem Bett liegend immer mehr vertiefte. Nach einer Weile sah sie nachdenklich zur Zimmerdecke.

***

Am Samstagmorgen schien die Sonne und am Himmel war kein einziges Wölkchen. Katharina und Volker standen früh auf und eine rege Betriebsamkeit breitete sich aus. Katharina war im Gegensatz zu sonst eher gelassen und schaute manchmal versonnen auf die eingedeckten und wirklich schön dekorierten Tische. Die Kinder installierten an der Wand des Zimmers einen Flachbildschirm, um die vorbereiteten Fotos von Katharina aus fünf Jahrzehnten am Abend in Dauerschleife ablaufen zu lassen.

***

Wie geplant fuhr Katharina kurz vor Beginn der Feier zum Party-Service, um den Krustenbraten zu holen, während Volker im Garten ein Feuer anzündete. Als fast alle Gäste erschienen waren, war Katharina immer noch nicht zurückgekehrt und Volker versuchte, sie über Handy zu erreichen. Bei seinem Handy lag ein Zettel mit der Bitte, den beiliegenden USB-Stick in das Fernsehgerät zu stecken und die Gäste davor zu versammeln. Nachdem er verwundert der Aufforderung Folge leistete, erschien eine fröhliche Katharina auf dem Bildschirm:

»Meine liebe Familie, liebe Freunde!

Wenn ihr mich hier auf dem Bildschirm seht, sitze ich schon im Zug auf dem Weg in den Süden. Ich habe mich kurzfristig dazu entschlossen, nachdem ich mein Tagebuch wiedergefunden und darin gelesen habe. Der Inhalt hat mich sehr zum Nachdenken angeregt. Ich habe, als ich siebzehn Jahre alt war, in dem Tagebuch aufgeführt, wie ich sein möchte, wenn ich alt bin und fünfzig ist für eine Siebzehnjährige wahrlich alt!« Katharina lachte auf. »Aber auch, wie ich auf keinen Fall sein möchte! Und ich habe mich in so ziemlich allen Negativpunkten wiedergefunden. Dafür ist niemand anderer verantwortlich außer mir selbst. Ihr werdet jetzt denken: ‚Na, und? Was hat das mit ihrem Geburtstag zu tun?' Für mich eine ganze Menge. Ich hätte ja auch morgen fahren können oder in den nächsten Tagen, aber das hätte ich vielleicht nicht mehr geschafft. Da wäre der Abwasch gewesen, ich hätte aufgeräumt und wieder geputzt, Essen für meine Lieben vorbereitet, und vermutlich wäre alles beim Alten geblieben. Wohin die Reise jetzt geht, weiß ich selbst noch nicht, aber dass ich die Katharina verloren habe, die ich einst wirklich mochte, ist mir deutlich geworden. Ich hänge an euch allen und ich möchte euch bitten, nicht böse auf mich zu sein und ohne Groll heute Abend meinen Geburtstag zu feiern; alles ist vorbereitet und auch der Krustenbraten wird gleich noch geliefert. Ich weiß, ich verlange euch einiges ab, besonders meinem Mann und den Kindern, aber würdet ihr jetzt mit mir auf mich und mein zukünftiges Leben anstoßen? Ich möchte einige Dinge zurechtrücken und erkennen, was ich mit dem Rest meines Lebens anfangen will und erholt und klarsichtig von dieser Reise zurückkehren.

Auf einen schönen Abend! Zum Wohl, ihr Lieben … und prost, Mama!«

Katharina zwinkerte lächelnd mit einem Auge und der Bildschirm erlosch.

Was weg ist

von Sylvia Sabrowski

»Der Hinnerk ist auch weg«, reißt die Hansen ihn aus seinen Gedanken.

»Wie jetzt?«, fragt er.

»Ja, jetzt. Wann denn sonst?«

»Ich meine, wie weg?« Die Alte blinzelt ihn finster an. »Ganz weg.« Für einen Sekundenbruchteil huscht ein gemeines Lächeln über ihr Gesicht. Ein Schauer kriecht frech seinen Rücken hoch und stellt dabei jedes Haar einzeln auf. Verdorri noch mal. So schnell geht das hier. Er greift sich das Fischbrötchen und eilt die Uferstraße runter. Man muss machen, was ansteht. Was auf dem Plan steht. Wat mutt, dat mutt, sagt man hier. Was weg ist, ist weg. Da gibt es kein Vertun.

***

Kerl, Schorsch. In was für eine Sache hast du mich da reingequatscht? *Mach mir einen Gefallen und du hast Urlaub für lau. Ein paar Dinge erledigen, nur Kleinigkeiten. Die Wohnung in Schuss bringen, bevor die Saison wieder anfängt. Du hast doch Zeit, Willi. Hier hast du den Schlüssel und die Liste.* Den Ostfriesenspieß hochgefahren und schon sitzt der Willi da in Norden-Norddeich. Und bestaunt: vierzig Quadratmeter Ferienwohnung im Schick von Tante Hetti. Den Sperrmüll abholen zu lassen war dem guten Schorsch wohl zu teuer. Für Badegäste und seinen Schwager ist das Zeug noch gut genug. Ist geschenkt, Schorsch. Trockenblumen, die unter einer Staubschicht bleich ins Elend ragen. Möwen und Leuchttürme in allen überflüssigen Varianten. Einen Aschenbecher hast du nicht, aber ein verschlissenes Schlafsofa. Na vielen Dank auch. Und die Liste. Willi geht alle Punkte durch. Die Hähne tropfen noch, und zwar alle. Schorsch hat kein vernünftiges Werkzeug hier. Den Nachbarn fragen? Den kann man vergessen. Eine alte Eisensäge hätte er noch gehabt, hat er gesagt. Der Rost ging kaum ab. Er muss sich schütteln, wenn er an die braunroten Spuren am Sägeblatt denkt. Das Ding ist nur noch für *ganz* brutale Arbeiten gut. Also macht er sich auf die Suche. Im Schuppen, dem Anbau am Haus, liegen Gartenmöbel, die ihre beste Zeit längst hinter sich haben. Unter einem Gewirr von Luftpumpen, Grillutensilien, Badmintonschlägern und nach Entfernen eines giftgrünen Sonnenschirms entdeckt er einen Spaten. Als er diesen anhebt, rieseln Erde und Sandreste herunter. Wann werden die nächsten Gäste hier anrauschen? Über Weihnachten und Neujahr verirrt sich kaum einer hierher, hat Schorsch ihm die Ohren vollgejammert. Jetzt im Februar ist nichts los. Das lohnt sich nicht. Viel zu tun, kaum Gäste. Wen wundert's? Den Spaten schiebt Willi weit zurück. Für die nächsten Aufgaben wird er eine Rohrzange brauchen, Dichtungen, Rosshaar und Fressalien. Man kommt ja sonst um. Für heute tut es noch mal ein Matjesbrötchen von Hansens Fischhaus. *Huus* heißt es. Vernünftiges Werkzeug haben die hier nicht. Aber lange *uus* und davon mehr als genug. Das Schlafsofa ist unbequemer als jedes Brett. Das Ding gehört auf den Sperrmüll. Und verboten. Willi schimpft sich in den Schlaf.

***

Norden-Norddeich ist zu jeder Jahreszeit eine Reise wert. Jo. Wetter gibt es hier auch immer. Gestern hat es wohl geregnet. Heute schifft es. Und morgen soll es mal Schietwetter sein. Egal, heul nicht rum, Willi. Wat mutt, dat mutt. Und was weg ist, ist weg. Hungrig steht er vor Ullas Grill. Vor dem Kiter-Café. Vor der Kneipe. In der Hauptsaison geöffnet, jetzt nicht. Vergiss es. Noch ein Fischbrötchen und er kriegt einen gehörigen Proteinschock. Oder Schuppen. Also ins Auto und zum Supermarkt am Stadtrand. Nach mehreren Umwegen findet er die Ansammlung von Discountern. Man starrt auf sein Nummernschild. Skeptische Blicke sind das. Die anderen sind alle von hier, denkt er. Die wundern sich, was ich wohl hier will, mitten im Februar, ohne Anhang und ohne Badelatschen. Hab halt zu tun. Bin dann auch gleich wieder weg.

Mit einer Packung Fertigfrikadellen und Kaugummis stellt er sich an die Kasse. Bückt sich runter zu den Plastiktaschen. »Der Einzige, der einem leidtun kann, ist sein Anwalt«, hört er. Dann ein zustimmendes Lachen. »Dem gehen ja jetzt sämtliche Einkünfte flöten. Keine Anzeigen mehr, keine Prozesse.« Dann leiser: »Endlich Ruhe vor dem.« »Und die Häuser von dem gehören sowieso schon alle der Bank.« Netter Schnack, denkt er. Guckt hoch. Keiner mehr da.

***

Aus dem Küchenfenster späht er in den dichten Schneeregen. *Schlack* sagen die hier. Wie die Schlacke im Kohleofen, zu Hause im Pott. Dunkel und breiig ist es tatsächlich draußen. Ein Auto rollt heran. Darin sitzen zwei Personen im Halbdunkeln, Kapuzen tief ins Gesicht gezogen. Was sitzen die da bei dem Mistwetter rum, ohne Licht? Keiner steigt ein, keiner steigt aus. Beobachten die das Haus? Oder ihn? Was wollen die denn? Sie reden miteinander. Über ihn? Was wissen die? Er lässt das Rollo runter. Macht das Licht in der ganzen Wohnung aus. Lugt vorsichtig wieder am Rollo vorbei. Sie sind weg. Jeder beäugt ihn. Wenn man noch mal guckt, sind die weg. Was soll das? Was wollen die? Haben die was mit Hinnerks Verschwinden zu tun? Unheimlich ist es hier im Norden.

***

Nach einer weiteren Nacht auf dem Schlafbrett geht er den Rest seiner Aufgaben gewissenhaft an. Der Baumarkt im Gewerbegebiet ist wie alle Baumärkte. Alles am Ort, alles übersichtlich, man kennt sich gleich aus. An der Kasse wird er zunächst ignoriert – wie in allen Baumärkten. »Wird auch Zeit«, wispert die eine ihrer Kollegin zu. »Der hat es verdient«, pflichtet diese bei. Er hält den Atem an. »Die Jacobs soll den ja in den Dünen gefunden haben.« Sein Herz hämmert wie ein Drucklufttacker. »Nur noch ein Fuß hat rausgeguckt.« Die Kollegin schlägt die Hand vor den Mund. »Und der Kopf …«, steigert sich die Erste rein. »Der war ab!« »Wie ab?«, fragt die Entsetzte.

»Ganz ab«, weiß die andere.

Die Ader an seiner linken Schläfe pulsiert bedrohlich und dehnt sich prall aus wie ein Druckluftkompressor-Tackerschlauch kurz vor dem Bersten. Kerl in der Kiste. Was geht denn hier ab? Stecken die alle unter einer Decke? Ihn halten keine zehn Pferde mehr. Den Kram gekauft, die letzten Punkte der Liste noch abgearbeitet. Muss ja sein. Nassgeschwitzt hetzt er durch die Ferienwohnung und ums Haus. Schorsch, du Kappeskopp. Viel zu tun, kaum Gäste. Hirni, Eumel, Mistbolzen. Und dein bekloppter Nachbar, der die Gäste verscheucht hat. Nachts ums Haus geschlichen, rumgeheult, mit der bescheuerten Eisensäge rumgeschwenkt. Bloß weg hier. Tschüssikowski, alter Falter. Volltanken und dann mit Karacho zurück in den Pott. So schnell kannste gar nicht gucken.

***

In der Tankstelle am Stadtrand hält eine gepiercte Buntgefärbte spät in der Nacht die Stellung. Während er in seiner Brieftasche nach der Bankkarte fingert, fällt sein Blick auf die Tageszeitung. Die Schlagzeile elektrisiert ihn. »Mord in den Dünen – Toter identifiziert.« Er starrt auf die Zeilen. »Einem grausamen Verbrechen ist der Norder Hinnerk F. zum Opfer gefallen.« Plötzlich tippt jemand mit einem gelnagelbestückten Finger auf die Zeitung. Willi erschrickt. Es ist die Getackerte. »Der Hinnerk«, raunt sie ihm ins Ohr. »Der sagt nichts mehr. Das weißt du doch am besten, oder?« Zum ersten Mal in seinem Leben flüchtet er von einer Tankstelle, ohne zu bezahlen. Den Friesenspieß rast er in Rekordzeit herunter. Baustelle, Ems-Tunnel, alles fliegt nur so an ihm vorbei.

Angekommen in heimatlichen Gefilden erfüllt ihn das Gefühl, gerade eben noch entkommen zu sein. Was für ein Höllenritt. Er parkt am Seitenstreifen, atmet beim Ziehen der Handbremse tief durch und greift sich ein Kaugummi aus der Jackentasche. Dabei ertastet er ein Stück Papier. Die Liste vom Schorsch, dem alten Dämlack, Döspaddel, Schmierlappen. Er faltet sie auseinander und lächelt. Alles geschafft. Ganz oben als erster Punkt steht da *Hinnerk*. Den hat er als Erstes erledigt. Man muss ja machen, was ansteht. Wat mutt, dat mutt. Und was weg ist, ist weg. Da gibt es kein Vertun.

Gottfried will Schluss machen

von Olaf Stieglitz

Er lehnte sich auf die Balkonbrüstung und genoss den Sonnenuntergang. Diese atemberaubenden Schauspiele, die den Horizont in ein Farbenmeer verwandelten, hatte er immer geliebt. Eigentlich lag es nur an der steigenden Luftverschmutzung, weshalb sie in den letzten Jahren immer prächtiger wurden, aber seiner Meinung nach tat das ihrer Schönheit keinen Abbruch. Im Gegenteil. Wenn aus etwas Schlechtem etwas Schönes entstehen konnte, dann stellte das schon ein kleines Wunder für sich dar.

Gottfried würde die Sonnenuntergänge vermissen.

Auf der Straße spielten Kinder. Es war gar nicht lange her, da hätten sie in dem Alter schon längst zu Hause sein müssen. Auch etwas, was sich geändert hatte. Vielleicht nicht unbedingt zum Guten, doch in diesem Moment war er froh, weil ihr fröhliches Lachen noch einmal zu ihm heraufschallte.

Kinder. Ja, Kinder würde Gottfried vermissen. Sie waren einfach die besseren Menschen.

Die Nachbarskatze kam über die Brüstung des Balkons stolziert. Sie stieß mit dem Köpfchen gegen seine Hand und forderte auf ihre hoheitsvolle Art, von ihm gestreichelt zu werden. Als Belohnung gewährte sie ihm ein leises Schnurren.

Katzen. Oh ja, sie auch. Definitiv.

Gottfried stand noch eine ganze Weile auf dem Balkon und genoss seinen letzten Sonnenuntergang. Irgendwann war das rote Glühen am Himmel endgültig der Dunkelheit gewichen und das Lachen der Kinder für immer verstummt. Die Katze zog weiter, um einem anderen ihre Gunst zu gewähren. Als der kühler werdende Wind ihn frösteln ließ, ging er zurück ins Wohnzimmer.

Er war froh über die Kinder und den Besuch der Katze. Auf diese Weise hatte Gottfried die Dinge noch einmal erlebt, die ihm von dieser Welt am meisten fehlen würden.

Sein Blick streifte den alten Röhrenfernseher mit dem staubigen Bildschirm. Der Apparat war schon lange nicht mehr eingeschaltet

worden. Seine Erinnerung war noch frisch an die Zeit, als diese Geräte etwas Neues und Besonderes waren. Herrlich hatte er es gefunden, dass die Menschen so etwas erfanden, um miteinander zu kommunizieren und sich zu amüsieren. Und heute? Was war nur aus dem Fernsehen geworden? Nein, das würde Gottfried nicht vermissen.
Auf dem Couchtisch lag die Tageszeitung. Früher war es etwas Schönes gewesen, sie zu lesen. Neugierde und Stolz hatten sich vermischt, wenn er erfuhr, was in der Welt vorging. Immer einfacher wurde es, sich über alles zu informieren, was in der Welt passierte. Der Fluss der Nachrichten war immer besser geworden. Die Nachrichten selbst leider nicht.

Mit einem Seufzen ließ er sich auf der Couch nieder. Sein Körper war alt, die Last von viel zu vielen Jahren steckte in jedem Knochen und jedem Muskel. Wie lange ging das schon so? Er hatte den Eindruck, schon immer ein alter Mann gewesen zu sein.

Gottfried schüttelte den Kopf. Nein, es hatte keinen Zweck mehr. Der Gedanke war nicht neu, schon tausendmal hatte er es vorgehabt. Doch heute Abend war es soweit.

Gottfried würde Schluss machen.

Jetzt!

»Computer – Spiel beenden!«

Auf den Sprachbefehl hin faltete sich die künstliche Realität um ihn herum zusammen. Das alte Wohnzimmer, der Couchtisch, der Fernseher ... alles verschwand, gemeinsam mit den Sonnenuntergängen, den Kindern und den Katzen. Einen Moment lang blieben noch Lichtreflexe übrig, die auf seiner Netzhaut tanzten, aber auch diese verblassten schnell. Gottfried war wieder zurück in der richtigen Welt.

Er nahm das Kopfband ab, mit dem die Realität des Spiels in seinen Geist eingespeist wurde. Es war ein altes Teil, genauso wie das ganze Terminal in ein Museum gehörte. Gottfried spielte schon so lange darauf. Immer wieder wollte er auf eine der neueren Generationen umsteigen. Aber sein altes Spiel würde auf diesen nicht laufen und es fiel ihm schwer, sich davon zu trennen.

Heute aber war es soweit. Er hatte es wirklich schon viel zu lange vor sich hergeschoben.

Die notwendigen Tasten waren schnell gedrückt, bis schließlich nur noch ein einziger Fingerzeig von Gottfried nötig war.

Vor ihm auf dem Bildschirm standen die Worte.

Wollen Sie das Spiel wirklich unwiderruflich löschen? Ja/Nein

»Hast du dich mal wieder entschlossen, das alte Spiel aufzugeben?« Peter war hereingekommen und hatte über seine Schulter hinweg die Schrift gesehen. Gottfried zuckte zusammen, denn seine Gedanken weilten noch immer in der künstlichen Welt, der er den Rücken kehren wollte.

»Es hat einfach keinen Sinn mehr. Die Zivilisationen entwickeln sich nicht mehr weiter. Es gab ein paar gute Ansätze, aber diese wurden nicht weiter verfolgt. Die einzige Konstante in ihrem Verhalten ist Krieg, Mord und Totschlag.«

»Tja, das Thema hatten wir doch schon öfters. Durch die Programmierung dieser Spielwelt passiert einfach viel zu viel, auf das du keinen Einfluss hast. Was machst du überhaupt noch in dem Spiel? Das läuft doch alles von allein.«

Gottfried zuckte mit den Schultern. »Du hast ja recht. Aber welche Alternative gibt es? Ohne eine künstliche Intelligenz, die das Verhalten der Spielfiguren steuert, müsste man alles selbst bestimmen. Das wäre nicht nur eine Heidenarbeit, sondern die Spannung ist auch komplett raus, wenn man alles kontrollieren kann.«

»Du könntest dir eines der neueren Spiele zulegen. Die künstlichen Intelligenzen sind da viel weiter entwickelt. Nicht so selbstzerstörerisch, wie sie in dem alten Schinken sind.«

Gottfried schaute noch immer auf die blinkende Schrift auf dem Bildschirm.

Wollen Sie das Spiel wirklich unwiderruflich löschen? Ja/Nein

Peter lachte. »Oh oh. Den Blick kenne ich. Da kommt wieder deine Nostalgie durch. Du willst das Spiel nicht löschen, weil du es schon seit Ewigkeiten spielst. Du könntest es neu starten, weißt du? Einfach noch mal von vorne anfangen.«

Gottfried schüttelte den Kopf. »Schon wieder die große Naturkatastrophe? 2012 hätte ich das machen können, das war im Spiel sogar vorgesehen. Aber ich habe mich dagegen entschieden. Wozu auch? Beim ersten Mal hat sich auch nicht wirklich etwas geändert.«

»Nein, ich meine, du könntest komplett neu starten. Lösche das Spiel und beginne es neu.«

Gottfried überlegte. »Ganz von vorne? Darauf hab ich keine Lust. Ganz davon abgesehen, dass die frühen Stufen des Spiels auch gar nicht im Solo-Spieler-Modus funktionierten. Damals musste man noch einen Haufen Spieler zusammentrommeln. Es hat lange gedauert, bis es auf einige wenige zusammengeschrumpft war und davon werden inzwischen die wichtigsten von meinen Zweit-Figuren übernommen. Nein, so viele Spieler findet man nicht mehr.«

»Nicht für dieses alte Ding. Warum fragst du nicht deinen Sohn? Als er es gespielt hat, wurden ein paar interessante Dinge ins Rollen gebracht.«

»Stimmt schon. Aber auch daraus ist am Ende nichts wirklich Neues entstanden. Ich glaube, du hast recht. Die Programmierung ist einfach Murks.«

»Bevor du es komplett löschst, könnte er es ja noch mal versuchen.«

Wieder schüttelte Gottfried den Kopf. »Nein, das geht nicht mehr. Er hat sein Konto gelöscht, nachdem seine Figur damals im Spiel gestorben ist.«

Einen Moment war es still zwischen den beiden.

»Und nun? Löschst du es oder nicht?«

Gottfried starrte noch immer auf die leuchtende Schrift. Dann gab er sich einen Ruck und sein Finger stieß herab. Das ausgewählte Wort blinkte auf und das Gerät schaltete sich ab.

Peter lachte. »Du hast es wieder nicht getan.«

Gottfried dachte an die Spielwelt, in die er so viel Zeit investiert hatte. »Nein, hab ich nicht.«

»Und bestimmt wieder aus dem gleichen Grund wie beim letzten Mal.«

»Ja, stimmt. Ich mag sie eben einfach«, sagte er mit einem leichten Lächeln.

»Gott! Du kannst das Spiel doch nicht nur weiterspielen, weil du Katzen magst.«

»Doch, das kann ich. Und du sollst mich nicht so nennen, das ist nur mein Nick in dem Spiel.«

Gib Frieden, Mutter!

von Katrin Thiele

Ein Teppich aus Kriechspindel bedeckte das Grab wie eine schützende Hülle. Der Engel, der im oberen Teil des Grabsteins gemeißelt war, hielt die Augen geschlossen. Ein schlafender Engel, genau wie ihr Frank. Ein eiskalter Wind aus Osten wirbelte Blätter durch die Luft. Hannah Schneider, die vor dem Grab stand, spürte die Kälte nicht. Alles an ihr war starr und kalt, seit über 40 Jahren schon. Eingefroren seit jenem Tag im August. Alles vertrocknet, Herz, Augen und ihr Inneres. Eine Wüste. Sie hatte weiter gelebt, Tag für Tag, mit diesem Stein in der Brust. Manchmal war sie verwundert gewesen, wie dieser Stein es schaffte, sie am Leben zu halten. Irgendwann war sie dazu übergegangen ihr Weiterleben als gerechte Strafe dafür anzunehmen, dass sie ihrem Jungen damals nicht hatte helfen können. Sie trug ihre Schuld. Aber es gab jemanden, dessen Schuld schwerer wog. Und er führte ein glückliches Leben. Auch wenn sie zurückgezogen lebte, war es unmöglich gewesen, es *nicht* mitzubekommen. Sie hatte geduldig gewartet auf den Tag, an dem er seine Rechnung bezahlen musste. Nur war der Tag nie gekommen. Bis jetzt. Jetzt wusste sie, dass dieser Tag erst durch sie kommen würde. Zeitgleich zu ihrem Entschluss hörte sie immer öfter die Stimme von Frank.

Gib Frieden, Mutter! Sanft, leise und leicht schwebten die Worte durch ihren Kopf. Warum konnte sie ihn erst jetzt hören? So gerne hätte sie diese Verbindung schon Jahre früher gespürt. Ihre lautlose Antwort war: *Ich sorge für Frieden, das verspreche ich dir!* Sie wusste, dass Franks Bitte anders gemeint war, aber sie konnte sie nicht erfüllen. Schmerz gegen Schmerz. Erst dann konnte Frieden einkehren. Vielleicht. Und vielleicht durfte sie endlich sterben, wenn Franks Tod gesühnt wäre. Abrupt wandte sie sich um und machte sich auf den Heimweg.

***

Müde steckte sie den Schlüssel ins Schloss. Sie wusste sofort, dass Tibby nicht da war. Die Katze war die letzte in der langen Folge von Samtpfoten, die den Weg zu Hannah gefunden hatte. Seltsamerweise war Hannah bei den Katzen immer sicher gewesen, dass ihre Seelen nur den Körper verließen und dann in anderer Form weiter existierten. Wenn sie diese Sicherheit doch nur bei Frank gehabt hätte. Vielleicht wäre es dann leichter gewesen. So aber war da nur dieses große Nichts, in das er gerissen worden war und sie mit ihm, ohne ihn je darin finden zu können. Seitdem Tibby gestorben war, wusste sie, dass sie bei den Katzen recht hatte. Denn Tibby blieb weiterhin bei ihr, streifte wie gewohnt durch die Räume, die Sonne ließ ihr schwarzes Fell aufglimmen und manchmal strich sie Hannah kurz um die Beine. Genau wie zu Lebzeiten. Hannah schaltete das Licht im Windfang ein, tauschte Stiefel gegen Hausschuhe und ging über den Flur weiter in die kleine Küche. Alle Handgriffe geschahen automatisch. Die verstaubte Lampe über dem Küchentisch zum trüben Leuchten bringen, mit den Vorbereitungen für das Abendessen beginnen. Graubrot, heute mit einem Rest Schweinsbraten vom Mittagessen, ein Glas Milch. Manchmal eine Tomate oder etwas Gurkensalat dazu. Heute nicht, zu viel Aufwand, entschied Hannah. Zum ersten Mal lebte sie in der Angst, dass der Tod sie schneller holen würde als ihr lieb war. Jetzt, da sie endlich wusste, was sie zu tun hatte. Der Tod, den sie so oft angefleht hatte, sie endlich zu erlösen. Mit einem Mal war er ein Schreckgespenst, das sie daran hindern konnte, ihre Schuld zu begleichen. Hannah zwang sich, die aufkeimende Panik zu verscheuchen. Sie atmete tief durch, schichtete das Stück Braten aufs trockene Brot und biss hinein.

Gib Frieden, Mutter! Da war sie wieder, die Stimme in ihrem Kopf. Hannah presste die Hände vor ihre Brust. Das Steinherz schlug in ungewohnt schnellem Rhythmus.

»Ich sorge für Frieden!«, flüsterte sie.

Nicht so, Mutter! Das Steinherz verdoppelte seine Schläge. Ein seltsames Flimmern in ihren Augen erschwerte ihr die Sicht.

»Doch!« Ihre heisere Stimme hallte durch die Küche. Mit einem Ruck stand sie auf. Der Schwindel kam plötzlich, fast wäre sie zurück auf ihren Stuhl gefallen. Ihre dünnen Finger krallten sich an der Tischkante fest.

»Nicht schlapp machen!«, beschwor sie ihren alten Körper. »Jetzt noch nicht.« Sie wankte zum Küchenschrank, sah beruhigt die Dose mit dem Kakaopulver, daneben die Schachtel mit den Schlaftabletten.

So weit, so gut. Ihre Hände zitterten nur leicht, als sie begann, die Tabletten aus der Packung in eine Schüssel zu drücken. Dann nahm sie einen Mörser und zerstampfte sie sorgfältig. Zufrieden vermischte sie schließlich das weiße mit dem braunen Pulver. Nun war sie vorbereitet. Sie seufzte erleichtert. Sie hatte es ihm angeboten, als er das letzte Mal in ihrem Garten rumlungerte. Er könne gerne einmal auf einen Kakao hereinkommen. Sie hatte das Erschrecken in seinen Augen gesehen. Reinkommen? In das Haus der Katzen-Hexe? Sie wusste, dass alle Kinder in der Nachbarschaft sie so nannten. Was sie aber auch gesehen hatte, war die Faszination in seinem Blick. Wie mutig es wäre, ihrem Angebot zu folgen. In dem Moment hatte sie noch geglaubt, alle Zeit der Welt zu haben, bis er soweit war. Das glaubte sie inzwischen nicht mehr. Das Steinherz würde nicht mehr lange durchhalten.

Schwer atmend sank Hannah auf den Küchenstuhl, legte ihren Kopf in beide Hände. In ihrer Erinnerung sah sie plötzlich in die blitzenden blauen Augen eines Jungen, der durch ihren Garten rannte, wohl wissend, dass er dort nichts zu suchen hatte. Schalk in den Augen mit einem Hauch von schlechtem Gewissen. Wow, er hatte sich wieder zur Katzen-Hexe getraut! Hatte sogar versucht, eine der Katzen zu streicheln, auch wenn sie seiner Hand gekonnt ausgewichen war. Hannah hatte alles hinter der Wohnzimmergardine beobachtet. Ihre Erinnerung führte sie nun weiter zurück in die Vergangenheit. Die gleichen blitzenden blauen Augen eines anderen Jungens, der dem ersten doch zum Verwechseln ähnlich sah. Laut rufend auf seinem Bonanzarad. Ihr eigener Junge zu Fuß, auf der Flucht vor dem auf dem Rad. Sie sah wieder die schreck-geweiteten Augen von Frank, wie er ins Haus gerannt kam, die Haustür hinter sich zuschlug. Sie selbst, noch gelähmt vor Trauer, kaum fähig zu fragen, was los sei. Froh über sein Abwinken. *Alles in Ordnung, Mutter …* Gerade eine Woche lag die Beerdigung ihres Mannes zurück. Sein Tod, so erlösend für ihn, so schrecklich für den Rest der Familie. Fast ein Jahr hatte sein Sterben gedauert, bis er den Kampf gegen den Krebs verlor. Hannahs Kräfte waren aufgebraucht, sie dachte, sie wäre am Tiefpunkt ihres Lebens angekommen. Doch das stimmte nicht, sie wusste es nur noch nicht. Zwei Wochen später brach Hannahs Welt endgültig zusammen. Ein schrecklicher Unfall, an dem niemand schuld war, sagte die Polizei. Nicht der LKW-Fahrer, der keine Chance gehabt hatte, seinen 7-Tonner zum Stehen zu bringen, und auch sonst niemand. Frank war einfach auf die Hauptstraße gelaufen. Wie Kinder es manchmal tun, abgelenkt von irgendwas. Der Fahrer wurde freigesprochen. Hannah stimmte innerlich zu, ihn traf keine Schuld. Aber eines wusste sie besser: Es war kein Unfall. Frank wollte sterben. Er konnte die Hänseleien der anderen Kinder nicht mehr aushalten. Zu zart war er für diese Welt. Warum konnten die anderen ihn nicht mal in der Zeit der Trauer in Ruhe lassen? Diese Frage hatte Hannah sich wieder und wieder gestellt. Sie hatte sein Tagebuch gefunden. *Es tut so weh, ich mag nicht mehr ...* Das war sein letzter Eintrag gewesen. Hannah hatte mit niemandem darüber gesprochen. Wäre sich wie eine Verräterin vorgekommen. Selbstmord, eine unaussprechliche Schande, nicht mal auf den kirchlichen Friedhof wäre er gekommen. Hannah wischte sich über die Augen. So lange her und doch so nah, als wäre alles gestern passiert. Sie war so unendlich müde, musste sich zwingen, den Abendbrottisch abzuräumen. Sie war gerade fertig, als das Klingeln an der Haustür sie aus ihrem dumpfen Zustand riss. Elektrisiert fuhr sie herum. Sollte ihr Wunsch doch noch rechtzeitig in Erfüllung gehen? So schnell sie konnte, lief sie, um zu öffnen.

Ein verschmitztes Lächeln begrüßte sie. Blaue Augen blitzten wie gewohnt unter einer Cap hervor.

Hannah zwang sich, ruhig zu bleiben. Ihre letzte und einzige Chance. Sie versuchte ein Lächeln auf ihre Lippen zu zwingen. Dann sah sie, dass er nicht alleine war. Schräg hinter ihm stand einer seiner Freunde. Moritz, wenn sie sich richtig erinnerte. Der Schüchternste von der Jungs-Clique. Dann würde es eben ein unschuldiges Opfer geben, darauf käme es auch nicht mehr an. Frank war schließlich auch unschuldig gewesen ... Frank. Ebenso schüchtern wie dieser Junge hier. Hannah straffte sich. »Hallo, ihr beiden.« Hannah hörte selbst, wie brüchig ihre Stimme klang. Sie benutzte sie so selten, war immer ungeübter im Sprechen geworden.

»Hi!« Jonas Neubauer stemmte die Hände in die Hüften.

»Sie hatten uns auf einen Kakao eingeladen ...«

Hannah nickte und wies ins Haus.

***

Die Kakaobecher standen dampfend vor den beiden Jungs.

»Wo sind denn alle Ihre Katzen?«, fragte Jonas, schob sich die Cap höher in die Stirn und sah Hannah neugierig an.

Sie sah langsam von einem zum anderen. Dann machte sie eine eindeutige waagerechte Handbewegung vor ihrem Hals.

Moritz zuckte erschreckt zusammen. Jonas riss nur die Augen etwas weiter auf.

»Wir müssen ja alle irgendwann sterben«, sagte Hannah knapp.
»Alle weg?«, hakte Jonas nach.

Hannah nickte. »Schmeckt euch der Kakao?«

»Hm«, antworteten beide zeitgleich.

»Ärgert ihr eigentlich manchmal andere Kinder?«, fragte sie beiläufig.

»Nur den dicken Torben, aber der hat`s verdient!« Jonas kicherte verlegen.

»Kein Kind hat es verdient!« Hannahs Schärfe in der Stimme ließ diesmal beide Kinder zusammenzucken.

»Aber der benimmt sich immer so komisch…«, stotterte Jonas.

»Das ist kein Grund. Ihr habt ja keine Ahnung, was ihr bei ihm damit anrichtet!« Hannah rang nach Luft. In ihrem Kopf begann sich alles zu drehen. Schneller, es musste schneller gehen, dass die beiden einschliefen. Sie fühlte, dass ihre Zeit verrann. In dem Moment sah Hannah, dass Tibby in die Küche kam. Sie war anders als sonst. Aufgeregt, nervös. Tibby lief schnurstracks auf den Küchentisch zu.

»Oh, Sie haben ja doch noch eine Katze!«, sagte Moritz überrascht.

»Was für eine Katze?« Jonas blickte verwundert um sich.

»Na, die da, die Schwarze!« Moritz zeigte direkt auf Tibby, die inzwischen vor ihm stand.

»Hä?« Jonas blickte seinen Freund ratlos an. »Ich glaub, ich bin zu müde für deine Albernheiten.« Er gähnte herzhaft.

Hannahs Blick war mit dem von Tibby verschmolzen.

Was soll das?, fragte sie die Katze lautlos.

Gib Frieden, Mutter! signalisierten die unergründlichen Katzenaugen.

»*Ich kann nicht!*«, wimmerte Hannah lautlos.

Doch, du kannst es, Mutter. Das war Franks sanfte Stimme.

Ich habe längst verziehen, und du kannst es auch. Die anderen Kinder, die mich damals geärgert haben, sie haben es nicht besser gewusst. Sie waren nicht der Grund, warum ich gegangen bin. Es war Papas Tod, mit dem ich nicht zurechtkam. Und der Sohn von Thorsten kann nichts für das, was sein Vater damals falsch gemacht hat.

In dem Moment glitt Tibby auf Moritz' Schoß. Hannah sah es, schüttelte unmerklich den Kopf. Die Kinderhand strich sanft durch das schwarze Fell, rutschte dann zur Seite. Moritz' Kopf fiel nach vorne, er war eingeschlafen. Wenige Sekunden später geschah mit Jonas dasselbe. Jetzt könnte sie zur Schublade gehen, das spitze Messer nehmen und die Pulsadern aufschneiden. Rotes Blut würde die Vergangenheit reinwaschen. Doch sie blieb sitzen. Blickte unverwandt in die grünen Katzenaugen, konnte sich dem Sog nicht entziehen. Es war so friedlich dort. Die letzten Jahre zogen an Hannah vorbei. Jahre voller Schmerz und Bitterkeit. Sie wollte nicht mehr dort sein. Wollte sich dem Frieden hingeben, der von Tibby ausging. Sie spürte, wie sich der Stein in ihrer Brust auflöste.

Komm, Mutter, es ist gut!

Alles andere so unwichtig. Sie wollte zu ihm. Endlich. Ein leises Seufzen begleitete Hannahs letzten Atemzug.

Abschied ohne Ende – Weg mit Dinos und Raketen

von Ricardo Ulbricht

Sobald wir aus dem Bus gestiegen sind, und ich noch mit dem Buch hantiere, um es wieder in den Rucksack zu zwängen, verlangt er nach der nächsten Geschichte. Unsere Geschichte, zusammengesponnen aus allem, was gerade im Kinderzimmer angesagt ist.

»Erzählst du jetzt weiter?«

»Einen Moment noch, der Straßenlärm stört doch so!«, erkläre ich. Wie jeden Tag, trotzdem fragt er wieder – jeden Tag, das gehört dazu.

Doch leider läuft diese fröhliche Routine mit anschließenden aufregenden Fantasiegeschichten auf jenen unheilvollen Moment hinaus, wenn wir im Kindergarten angekommen sind und ich meinem Sohn die Hausschuhe anziehe und ihn dann kaum von meinem Hals lösen kann. Wenn es nur ein paar Tränen wären ... Die könnte ich noch verkraften, irgendwie verdrängen und würde sie nicht den ganzen Tag mit mir herumschleppen. Es sind aber Betteleien, lautstarke Proteste, Hilferufe, bis hin zu tobsuchtsanfallartigem Schreien, es sind Arme, die wild durch die Luft schlagen, Beine, die sich der Eingangstür des Gruppenraums mit aller Kraft eines gerade Vierjährigen entgegenstemmen. Ein auf diese Weise inszenierter Verabschiedungsexzess ist in etwa so leicht zu verdrängen wie ein Meteoriteneinschlag in der Kreidezeit. Es ist ein Abschied mit Nachwirkungen, einer zum Mitnehmen: mit in den Bus auf den Weg zur Arbeit, mit ins Büro, mit in die Mittagspause, schließlich mit auf den Weg zurück zum Kindergarten. Und da irgendwann am Eingangstor löst sich der Knoten wieder, der acht Stunden lang den Zugang zur Seelenruhe zugeschnürt hielt. Hier im Gruppenraum bleibt er zurück, dieser endlose Bis-Später-Ritus, wartet auf den nächsten Tag.

Verdrängen kann ich nur morgens, denn schon beim Lesen im Bus stellt sie sich ein – die Leichtigkeit zwischen uns. Sie verfliegt nicht, nachdem wir aussteigen. Man kommt nicht dazu, sich darüber Gedanken zu machen, wo das wieder hinführt. Es ist auch nicht so, als verkrampfe ich mich vor lauter Anstrengung, diese Leichtigkeit herzustellen, die den Abschied erleichtern soll. Es ist ein Zustand zwischen uns, der keiner Kontrolle oder Versuche bedarf, ist nicht beabsichtigt, ist nicht überlegt, initiiert, wird nicht einmal reflektiert, leider kaum genossen. Er ist einfach da, ist nun einmal Teil des ganz normalen Ablaufes zwischen meinem Sohn und mir, der Zustand in dem wir in gemeinsamem Quatsch, in geteiltem Gedanken-Unfug gedankenverloren rumlaufen, das reale Ziel unbekannt und unwichtig. Das tatsächliche Ankommen erst wird zum Problem.

Der fliegende Fuchs im Popelland. Die Hexe, die versucht, die ganze Welt einzukleistern ... warum eigentlich? Die Bakterien im Dinopark. »Kannst du noch weitererzählen, was wir gestern mit dem Playmobil gespielt haben?«, verlangt er.

»Mit der Zeitreise ins Jura?«, antworte ich, grinsend. Längst habe ich einen Plan, was heute passiert.

»Genau. Wieso war denn da eine Rakete am Ende? Das war doch Quatsch.«

»Nee. Pass auf. Die Rakete ist ganz wichtig. Da sitzen ja später wir drin.«

»Hä?«

»Ja. Na, ist doch logisch. Wenn wir schon eine Zeitmaschine haben, und damit in die Dinozeit reisen können, dann können wir doch wohl auch mit der Zeitmaschine in die Zukunft reisen und uns da eine riesige Rakete klauen, oder nicht?«

»Ja stimmt. Und was machen wir dann mit der Rakete?«

»Na, du kennst doch das mit der Arche Noah?«

»Ja. Achsooo! Wir retten die Dinos. Damit sie nicht aussterben!«

»Genau! Und bringen sie in die Zukunft. Da können sie dann auf einem fernen Planeten leben. Wird natürlich schwierig.«

»Ja, wie sollen wir die denn da reinbekommen?«

»Tja. Das wäre schon ein Problem. Aber was glaubst du, wie sauer die Centaurianer sind, dass wir denen die Rakete weggenommen haben. Die wollten immerhin gerade ihren riesigen Goldschatz damit auf ihren Heimatplaneten verfrachten.«

»Mist. Aber die können ja nicht zeitreisen. Oder?«

»Die haben ja einige Jahrhunderte Zeit, es zu erfinden ... es ist denen ja egal, wann sie uns dann schnappen.«

»Achso. Nee. Ja. Hä? Versteh ich nich.«

»Mach dir nicht zu viele Gedanken über Zeitreisen, da platzt dir nur der Kopf.«

»Igitt. Echt?«

»Nee, Quatsch. Jedenfalls brauchen wir eine Art Dino-Schäferhund für die ganzen Dinos. Wer war denn der schlauste Saurier im Jura?«

»Velociraptor.«

»Okay. Dann suchen wir uns einen Velociraptor und den richten wir dann ab!«

»Aber was ist mit den großen Fleischfressern! Allosaurus. Den kriegen wir nie in die Rakete! Und außerdem ist die Rakete bestimmt sowieso zu klein.«

Inzwischen sind wir da. Wir gehen rein, gehen in den Vorraum und ich rede immer weiter, er stellt Fragen und lacht und dann kommt mein vorsichtiges, ängstliches, bittendes »Tschüss«.

Plötzlich ist er nicht mehr in der Welt der Dinosaurier und Zeitreisen, er ist im Kindergarten und muss sich von mir verabschieden. Wie viele Versprechungen ich auch mache – ich winke noch, ich komme dich heute früher abholen, wir erzählen dann gleich weiter – oder welche Gründe ich auch nenne – ich muss doch arbeiten, du kannst doch hier auch spielen, mit den anderen, heute gibt es Nudeln mit Tomatensoße – es hilft nichts. Er fängt erst an zu weinen, dann schreit er. Am Ende muss ihn mir die Erzieherin wieder aus der Umklammerung lösen. Wenigstens heute kein dramatischer Wurf auf den Boden. Immerhin. Zwanzig Minuten später erlöst mich der Anruf der Erzieherin, ich kann beruhigt arbeiten. Es war nur der Abschied. Den mag er nicht. Daran erinnert mich später noch mein Pullover, zeigt mir ein Andenken an die Szene, eine feuchte Stelle: Kindertränen und -rotz.

Was ist eigentlich das Problem? Was muss man anders machen? Er wird da ja nicht gequält, im Gegenteil. Wenn ich versuche ihn zu beruhigen, denke ich mir die Gründe und die Versprechungen nicht aus. Alles, was ich mir ausdenke, sind diese Geschichten, die er so gerne hört, bei denen er mitmachen kann. Unsere Geschichten. Vielleicht ist es das Abenteuer, das wir erleben, hier unterwegs und sonst im Kinderzimmer, das er glaubt zu verpassen, wenn ich nicht bei ihm bin. Stellt er sich vor, ich sitze ohne ihn im Kinderzimmer und spiele weitere Abenteuer ganz ohne ihn? Soll ich die Geschichten weglassen, oder würde das „Theater“ schon beginnen, bevor wir am Ziel sind, wenn sie unseren Weg nicht begleiten? Lieber weitermachen.

Am Dienstag sind die Centaurianer uns bereits auf die Schliche gekommen und sabotieren unsere Versuche die Dinos in die Rakete zu verfrachten. Der Abschied geht einigermaßen. Vielleicht rede ich es mir nur ein, wir waren spät dran und ich bin schnell gegangen.

Am Mittwoch entdecken wir die Schrumpffunktion der Rakete und so schaffen wir es, einen gigantischen Fleischberg von einem Seismosaurus auf die Größe eines Frosches zu bringen. Er darf bei uns vorne sitzen, weil er so niedlich die Zimmerpflanzen abrupft, die im Kommandoraum überall rumstehen. Heute geht die Tür auf und eine Vertretungserzieherin ist da. Die kann er nicht leiden. Es wird besonders schlimm, ich muss ihn fast zehn Minuten trösten und auf ihn einreden.

Am Donnerstag kommt es dann zur Konfrontation mit den Centaurianern. Sie richten ihre Strahlenkanonen auf uns.

»Papa, aber die schießen doch nicht oder?«

»Doch und mich erwischt es. Aber Glück gehabt: Sind nur Schrumpfstrahlen. Was anderes kennen die nicht. Sie haben irgendwie so ein Problem mit der Größe. Du rettest dich jedenfalls in die Rakete und lässt unseren T-Rex auf die Aliens los. Die man übrigens hinter den Raumanzügen nicht erkennen kann! Dann laufen sie weg, nehmen mich aber mit ...« Wieder geht alles schief. Heute ist Spielzeugtag, nur blöd, wenn man vergisst, welches einzupacken. Diesmal gelten die Vorwürfe auch mir persönlich. Er fügt sich also seinem Schicksal und geht einfach weinend in den Gruppenraum.

Nachmittags gehen wir auf den Spielplatz. Wir spielen gerade mit einem Holzhaus „Raumschiff und Zeitmaschine“. Da treffen wir einen Jungen aus seiner Gruppe. Er sieht uns zu und kommentiert. Es stellt sich heraus, dass er sich auskennt: Ein weiterer 4-Jähriger, der Archäopteryx und Eustreptospondylus nicht nur aussprechen, sondern auch auseinanderhalten kann. Kaum eine halbe Stunde später rettet er mit uns den letzten Edmontosaurus aus einer Schlammgrube vor dem sicheren Aussterben. Damit haben wir nun einen weiteren Passagier für unsere Raumarche und einen Co-Piloten gewonnen. Anfangs ist mein Sohn noch etwas zögerlich, fast eifersüchtig, doch der andere Junge zeigt sich so beeindruckt von unserem Spiel, dass es meinem Nachwuchs imponiert und er bald angibt, mit dem, was wir bisher so erlebt haben. Die Eltern des Jungen sind mit Kind Nummer zwei abgelenkt, doch nach einer Weile kommen sie ihn abholen – es wird spät. Auch wir machen uns auf den Weg.

Am Freitag folgt endlich der Klimax der Geschichte. Um die Handlung zu ihrem fulminanten Ende zu geleiten, hole ich weit aus. »Erst einmal lässt du die drei gezähmten Dinos frei: den T-Rex, den Spinosaurus und den Triceratops.«

»Damit die Centaurianer abgelenkt sind und ich dich befreien kann.«

»Genau. Das war dein Plan. Und er geht auf. Die Aliens rennen aus ihrem Ufo, das vom T-Rex gerade als Fußball benutzt wird. Leider schaffen sie es, den Spino zu schrumpfen. Der Triceratops schwenkt drohend seine Hörner, wird aber von einem Centaurianer, der einen riesigen Kopf hat, mit einer Fackel verscheucht. Währenddessen stecke ich in einem Käfig fest und kann nur hilflos zusehen.«

»Aber den Käfig schnappe ich mir.«

»Na, das will ich doch hoffen! In dem ganzen Trubel gelingt es dir unbemerkt mein kleines Gefängnis zu greifen und damit abzuhauen. Aber ich sehe noch, wie der T-Rex einen der Außerirdischen mit einem kräftigen Schwanzschlag in unsere Richtung schleudert. Da geht sein Raumanzug kaputt.«

»Cool. Dann sehen wir endlich, was darunter ist!!!«

»Genau! Grünlich schimmernde Haut erkennen wir, vollständig mit Schuppen überzogen. Und uns wird sofort klar, dass wir ein Wesen vor uns haben, das von Reptilien abstammt.«

»Iiigitt. Krokodilmänner.«

»Naja, so ähnlich. Denk mal nach. Was ist noch unser Plan? Und wo kommen die Aliens her?«

»Hää?«

»Na, wir wollten doch einen Haufen Dinos auf einen fernen Planeten bringen.«

»Ja.«

»Und dann kommen uns diese Reptilienwesen in die Quere, aus der Zukunft, weil sie ihr Raumschiff wiederhaben wollen.«

»Ja … Hä?«

»Also. Es ist so: Rate mal, wer nicht vom Affen, sondern vom Dino abstammt.«

Doch bevor ich die Geschichte zu Ende erzählen kann, bevor ich erzählen kann, wie wir herausfinden, dass die Aliens sich fast selbst verhindert hätten und wir ihren Segen bekommen, ihre Vorfahren nach Alpha Centauri zu bringen, treffen wir unterwegs in der wirklichen Welt auf den Jungen vom Spielplatz, auf dem Weg in den Kindergarten mit seiner Mutter. Sofort berichtet mein Sohn von den jüngsten Abenteuern. Die beiden diskutieren über Fossilien und philosophieren über das Aussterben.

Wir kommen an, die Mutter verwickelt mich in ein Gespräch, wie schön sie es fand, dass ich mich so mit den Kindern beschäftigt habe am Spielplatz. Unkonzentriert ziehe ich meinem Sohn die Hausschuhe an, dann gibt es ein Küsschen und einen Drücker und die beiden Jungs verschwinden plappernd im Gruppenraum. Keine einzige Träne.

Glücklich sollte ich sein und erleichtert. Aber ich sehe durch das kleine Fenster in der Tür, wie die beiden sich auf Spielzeugdinos stürzen, auf die Autos und Flugzeuge (gleich werden daraus Zeitmaschinen). Die beiden werden wohl Abenteuer erleben, mit Raketen und Dinosauriern, mit Rittern und Monstern. Mein Impuls ist überhaupt nicht, mich zu freuen. Ich möchte mich an ihn klammern. Ich möchte mich in einem tobsuchtsanfallartigen Geschrei auf den Boden werfen. Ich möchte rufen: warte, ich muss noch weitererzählen. Ich bin doch noch gar nicht fertig geworden.

Zeit zu gehen

von Raphael Warnke

Michael mag nicht, was er gerade tut. Er fühlt sich fehl am Platz, ihn plagt ein unsagbar schlechtes Gewissen. Zudem kratzt seine Uniform am Hals. Auf dem Klemmbrett, das er in seiner linken Hand hält, stehen nur die wichtigsten Informationen:

Kruschnick Birgit

87 Jahre alt

schwere Demenz

Räumung Wohnung zum 01.08.

In seinen Gedanken ist Michael bereits wieder zu Hause, sitzt auf der Couch und schaut *Wer wird Millionär*. Zwar ist dieser Augenblick nur wenige Stunden entfernt, allerdings würde dieser bevorstehende Termin sich länger anfühlen, als nur wenige Stunden, da ist er sich sicher. Mit dem Zeigefinger drückt er den Klingelknopf mit der Aufschrift „Birgit Kruschnick". Das Klingelschild ist leicht abgeblättert, sodass es nicht ganz einfach ist, den Namen zu entziffern. Wer sein Leben lang in demselben Reihenhaus in einem kleinen Dorf im Emsland wohnt, den kennt man eben. Da braucht der Postbote nicht mehr auf ein Schild zu schauen, um zu wissen, wo er hin muss. Frau Kruschnick gehört zum Inventar der Ortschaft wie ein altes Küchenmesser, das zwar nicht mehr so gut schneidet, aber seinen festen Platz in der Küchenschublade sicher hat.

***

»Ja, hallo? Wer ist denn da?«, meldet sich eine leicht kratzige Stimme an der Gegensprechanlage. Michael atmet noch einmal tief ein, versucht, sich selbst zu beruhigen. Dann antwortet er: »Guten Tag, Frau Kruschnick. Mein Name ist Michael Grünberg. Ich bin wegen der bevorstehenden Räumung Ihrer Wohnung hier.«

Michael schluckt, weil ihm fast die Stimme versagt. »Können Sie mir bitte die Tür öffnen, dann können wir in Ruhe reden?« Einige Sekunden vergehen.

»Mein Mann hat gesagt, ich soll niemanden reinlassen. Er hat schon das Luftgewehr in der Hand. Wenn ich Sie wäre, dann würde ich lieber verschwinden!« Danach das Rauschen der Sprechanlage. Sie hat den Hörer noch nicht wieder aufgelegt.

»Frau Kruschnick, Ihr Ehemann ist seit 15 Jahren tot. Er war nie im Besitz einer Schusswaffe. Können Sie wenigstens nach vorne an die Haustür kommen?« Das Rauschen verschwindet aus der Leitung. Einige Zeit lang tut sich nichts, dann sind Schritte im Hausflur zu hören. Die erste Hürde ist geschafft.

***

Die schwere Holztür, der Michael gegenübersteht, öffnet sich einen kleinen Spalt. Offenbar von einer Sicherheitskette gehalten bleibt die Tür in genau dieser Position.

»Na, Sie sind also Herr Grünberg und wollen mir mein Haus wegnehmen? Was bilden Sie sich eigentlich ein?«

»Frau Kruschnick, niemand will Ihnen etwas wegnehmen. Ich bin im Auftrag Ihres Sohnes hier.«

»Aha, da haben Sie sich selbst entlarvt, mein Lieber. Ich habe keine Kinder.« Ich spreche hier mit einer schwerkranken Frau, auch wenn sie im ersten Moment einen fitten Eindruck machen sollte. An diesen Gedanken, diese Tatsache, muss sich Michael immer wieder erinnern.

»Ihr Sohn ist am 15. September 1972 geboren, verheiratet und hat zwei Kinder. Wohnhaft in der Grafschaft Bentheim. Sehen Sie die Unterschrift unter diesem Vollstreckungsbescheid?« Die Tür fällt ins Schloss. Verdammt, ich hab es zu weit getrieben, geht es Michael durch den Kopf. Dann öffnet sich die Tür erneut, diesmal ohne Kette. Frau Kruschnick ist mit 87 Jahren zwar schon im hohen Alter, doch sieht sie älter als der Tod selbst aus. Zerzauste, graue Haare, die vor mehreren Jahren mal eine Frisur dargestellt haben mögen, kleben an ihrer verschwitzten, faltigen Stirn. Sie trägt eine vergilbte Küchenschürze, darunter eine braune Cordhose und einen farblich passenden Strickpullover mit Karomuster.

»Zeigen Sie das mal her. Kann ja jeder behaupten.« Sie greift nach dem Bescheid und beginnt zu lesen. Abgesehen von der unleserlichen Unterschrift eines Mannes namens „Martin Kruschnick“ sieht der Bescheid tatsächlich offiziell aus. Hier will ihr wohl jemand einen Streich spielen, denkt sie sich.

»Ach, mein guter Herr Grünberg. Wo haben Sie denn diesen Aufschneider, der sich als meinen Sohn ausgibt, aufgetrieben?« Eigentlich hat sie nichts gegen Beamte. Der Mann geht nur seinem Beruf nach, das kann sie gut verstehen. Zudem schaut er in seiner Uniform auch noch sehr adrett aus. Und ein wenig Gesellschaft mag sie auch. »Mögen Sie vielleicht erstmal auf einen Tee hereinkommen?«

»Aber sehr gern, wirklich, sehr gern.« Michael ist die Erleichterung sofort anzumerken. Die Anspannung weicht aus seinem Körper. Zwar ist er noch immer überfordert mit der gesamten Situation, aber er hat es bis in die Wohnung geschafft. Sogar ein Tee wird ihm angeboten. Er scheint das Vertrauen der alten Dame gewonnen zu haben.

»Nehmen Sie ihren Tee mit Zucker? Ist ein echter Ostfriesentee.« Sie stellt den Wasserkocher an, holt zwei Teebeutel aus ihrer Verpackung und stellt zwei Tassen auf den ausziehbaren Holztisch im Essbereich ihrer Küche. »Haben Sie Kluntje da?«, fragt Michael nach.

»Aber natürlich. Ein Haushalt ohne Kluntje – wo kommen wir denn dahin?« Sie lächelt freundlich.

Wie soll ich dieser liebevollen Frau denn ihr einzig Verbliebenes nehmen? Michael kommen Zweifel, nicht zum ersten Mal an diesem Tag. Sie soll in ein Altersheim ziehen, wo Pfleger sie vor sich und ihrer Krankheit schützen können. Es ist zu ihrem Besten, ruft Michael sich in Erinnerung. Doch Altersheim, das weiß er selbst, steht für Abstellgleis. Dort angekommen gibt es kein Zurück mehr. Keinen Umzug in eine neue Wohnung, kein eigenständiges Leben mehr. Fremdbestimmter Alltag, bis irgendwann der Tod die Erlösung bringt. Das kann manchmal ganz schnell gehen. Nur ein paar Wochen oder Monate von dem gewohnten Umfeld, dem eigenen Zuhause entfernt, das kann reichen, einem alten Menschen die letzte Lebenskraft zu rauben. Wo er einmal landen wird, fragt sich Michael. In ein Altenheim würde er niemals wollen. Umso schwerer fällt es ihm, die alte Dame, die gerade in rührseliger Kleinstarbeit Tee für ihn zubereitet, davon zu überzeugen, in eine solche Einrichtung zu ziehen.

»So, der muss jetzt ein paar Minuten ziehen.« Stolzer Blick auf den gedeckten Tisch. Wann hatte sie das letzte Mal Besuch? Sie weiß es nicht. Wie so vieles, was sie vergessen hat. Manchmal wacht sie morgens auf und weiß gar nicht, wo sie überhaupt ist. Tabletten gegen dieses Vergessen solle sie nehmen, sagte ihr der Arzt. Eine ganz schlaue Idee, jemandem, der regelmäßig vergisst, die Toilette rechtzeitig aufzusuchen, Tabletten zu verschreiben. In klaren Momenten wie diesen, erkennt sie die missliche Lage, in der sie sich befindet. Dabei ist sie sich nie sicher, was ihr lieber ist: das Leben in der Unwissenheit oder die klaren Momente. In diesen Momenten wacht Birgit morgens auf und weiß, dass ihr Mann lange tot ist. Sie erinnert sich an die schönen Zeiten, die vorbei sind und nie wieder kommen werden. Dieses Bewusstsein macht sie kurzfristig froh, da sie klare Gedanken formulieren kann und sich wirklich lebendig fühlt. Doch darauf folgt unweigerlich eine tiefe Traurigkeit. Es ist, als würde sie an einem Tag ihr ganzes Leben nochmals vorbeifliegen sehen. Plötzlich sind fast alle ihre Freunde, Familienmitglieder und Lieblingskünstler nicht mehr am Leben. Dann wünscht sie sich, wieder unwissend und in ihrer eigenen Welt zu leben. Oder doch einfach zu sterben, um diesem Hin und Her aus Realität und Scheinwelt endgültig zu entkommen.

»Erzählen Sie mir doch mal etwas von sich, Frau Kruschnick. Wo kommen Sie denn her?«, versucht Michael einen Smalltalk zu beginnen.

»Ach, Michael. Ich bin Birgit. Wer bei mir einen Tee trinkt, den mag ich gerne duzen.« Es scheint funktioniert zu haben.

Michael lächelt. »Ehrlich gesagt fühle ich mich bei Ihnen, Entschuldigung, bei dir, Birgit, sehr wohl. Ist der Tee mittlerweile durch?« Mit prüfendem Blick begutachtet Birgit die Färbung des Tees.

»Ein wenig muss der noch. Vertrau mir. Also, wo ich herkomme? Geboren bin ich im damaligen Teufelsbruch in Pommern. Dann kam der Krieg und die Russen und wir mussten fliehen. Wir hatten so einen schönen Hof. Die kleinen Kätzchen im Stroh, frühmorgens die Kühe auf die Weide bringen. So ein Leben kann man sich heute gar nicht mehr vorstellen.« Birgits Gedanken schweifen ab. Sie sieht sich wieder in ihrer Kindheit. Plötzlich sitzt sie mit ihrer Freundin Gerda am nahegelegenen Bachlauf und sammelt Frösche. »Komm her, du kleines grünes Ding. Ich pack dich ein und zeig dich meinem Papa«, nuschelt Birgit schwer verständlich vor sich hin.

»Wie bitte?« Michael wirkt verunsichert. Er hat Angst, Birgit an ihre Wahnwelt zu verlieren.

»Kleines, grünes Ding. Kleines, grünes Ding.« Wieder und wieder sagt Birgit diesen Satz. Dabei zupft sie nervös an der Tischdecke mit Spitzenborte. Aus den Teetassen schwappt das dunkelbraune Wasser auf den weißen Tischbezug. Michael merkt, wie Birgit dabei ist, abzudriften. »Vorsicht, die Tassen!«, ruft Michael noch. Mit einem Schlag trifft eine der beiden Porzellantassen auf den Boden und zerspringt in unzählige Teile. Der Ostfriesentee breitet sich zu einer Pfütze aus und dampft noch kurze Zeit weiter. Birgit schaut mit leeren Augen auf den Boden.

»Das darf der Papa nie erfahren. Dann gibt es wieder Haue. Hilfst du mir?« Mit weinerlich roten Augen starrt Birgit auf Michael. Dabei schaut sie ihm nicht in die Augen. Sie guckt auf seine Uniform. »Bist du ein böser Mann?«, fragt sie ihn.

»Birgit, ich will Ihnen nichts Böses. Das habe ich doch schon gesagt.« Michael weiß, er redet nicht mehr mit der 87-jährigen Frau, die ihn eben noch zum Tee eingeladen hat. Jetzt hat er es mit dem jungen Mädchen aus Pommern zu tun, das Angst vor den Eltern hat.

***

»Mama hat gesagt, wenn die bösen Männer kommen, müssen wir auf sie hören. Sonst tun die uns weh.« Genau vor einer solchen Situation hat Michael sich gefürchtet. Zwar ist dies nicht sein erster Termin, bei dem er eine Person mit Demenz über die Räumung der Wohnung aufklären muss. Doch dass ihn seine eigene Mutter einfach nicht erkennen will, nicht erkennen kann, das ist zu viel für ihn.

»Mein guter Herr, so helfen Sie mir doch.« Birgit versucht, vom Stuhl aufzustehen.

»Du siehst mich nicht, hab ich recht? Du nimmst das alles hier einfach nicht wahr.« Unweigerlich beginnt Michael zu weinen. Erst laufen ihm einzelne Tränen über seine rauen Wangen, dann beginnt er zu schluchzen. Der Rotz trieft aus seiner Nase.

»Möchtest du ein Taschentuch haben? So schlimm ist das doch gar nicht. Wir machen schnell sauber und dann merken die Eltern gar nicht, was passiert ist. Ich sag auch keinem was davon, Ehrenwort.«

Das zu einem Quadrat gefaltete Stofftaschentuch nimmt Michael mit zitternder Hand entgegen. Er schnäuzt sich die Nase und versucht, seinen Plan weiter zu verfolgen. Tausendmal hatte ihn sein Kollege Karsten gewarnt. Er hatte ihm angeboten, den Räumungstermin bei seiner Mutter zu übernehmen. »Mensch Martin, das macht dich doch total fertig. Du hast allein schon bei der Unterschrift auf dem Bescheid nasse Augen bekommen. Ich mach das für dich, ist kein Problem.« Hätte er nur auf Karsten gehört. Jetzt sitzt er hier. So wie er es eigentlich gewollt hatte. Er wollte mit eigenen Augen sehen, wie sehr seine Mutter den Platz in einem Altenheim braucht. Martin Kruschnick wollte dies als letzte Chance sehen, die er seiner Mutter gab. Sollte sie ihn erkennen, er würde seine Unterschrift zurücknehmen und seine Mutter bei sich und seiner Familie wohnen lassen. Doch Martins Frau sollte recht behalten. Seine Mutter gehört überwacht. Sie in einem Haushalt mit Kindern, da ist er sich nun sicher, das wäre zu gefährlich.

***

»Ich helfe dir jetzt noch beim Aufwischen und dann muss ich los.« Gerade so kriegt er die Worte über seine Lippen. Am liebsten würde er seine Mutter in den Arm nehmen. Ihr sagen, dass alles gut wird. Doch sie ist auch so schon verwirrt genug. Da will er nicht noch mehr Fragen in ihren Kopf werfen, auf die sie keine klare Antwort parat hat. Außerdem wäre es gelogen. Nichts wird gut.

Auf seinem Bericht notiert Michael kurz „Person nicht vor Ort angetroffen. Folgetermin vereinbaren.“ Er muss sich verabschieden von dem Gedanken, seine Mutter bei sich leben zu lassen. Und sie wird Abschied nehmen müssen von ihrem Zuhause. Zum nächsten Termin wird dann Karsten erscheinen.

Kurz vor knapp

von Manu Wirtz

Herzrasen. Immer schneller pochen die Schläge aus dem Brustkorb gegen meinen Kehlkopf. Eine Minute lang hält der heftige Trommelwirbel schon an, und kein Ende in Sicht. Bei einer Herzfrequenz über 180 löst mein Defibrillator, der unter der Haut sitzt, aus.

Das weiß ich. Aber das tut weh – wie ich auch weiß.

Wie ein harter Lederball, der mit voller Wucht auf das Brustbein aufschlägt. Ich halte mich mit verkrampften Fingern am Schreibtisch fest und versuche verzweifelt, den rasenden Puls mit bewusstem Ein- und Ausatmen zu verlangsamen. Meistens klappt das ganz gut.

Heute nicht.

Jetzt sind es schon zwei Minuten Herzgalopp. Ich stemme mich mit meinem ganzen Willen gegen die aufkommende Panik. Mein Blickfeld verengt sich zu einem Tunnel. Der große Wandkalender wird unscharf vor meinen Augen. Kontrolle behalten. Bloß nicht ohnmächtig werden. Kontrolliert weiteratmen. Mein Verstand sagt, dass ich mit dem implantierten Defi geschützt bin, mir wirklich nichts Schlimmes passieren kann. Aber Logik und Angst gehen in diesem Moment getrennte Wege. Mein Gesicht fühlt sich kalt an.

»Kannst du mich zum Arzt fahren? Mir geht es nicht gut«, bitte ich meinen Kollegen.

»Ähm, du, ich muss das hier ganz dringend erledigen, der Chef wartet darauf. Du kannst dir doch ein Taxi bestellen, oder?« Er versteckt seinen Kopf hinter dem Monitor und hämmert geschäftig in die Tastatur, als ginge es um sein Leben.

Aber jetzt geht es um meins. Ich kriege kaum noch Luft und atme angestrengt wie durch einen Strohhalm. So bleibt mir wenigstens eine Erwiderung erspart. Mit der Fassungslosigkeit ist auch meine Panik weg, ich bin nur noch stocksauer. Mit bebenden Fingern google ich nach einem Taxiunternehmen und rufe an. Kurzatmig gebe ich die Adresse durch. Dann packe ich meine Handtasche und stemme mich zitternd von meinem Stuhl hoch. »Gute Besserung«, ruft mir der Kollege noch hinterher. Die Punkte, die mir vor den Augen tanzen, kommen nicht nur vom flachen Blutdruck. Der Zorn gibt mir die Kraft, mich aus der Tür zu schleppen und die Firma zu verlassen. Im Taxi versuche ich die Angst mit Autosuggestion zu besiegen, und ernte besorgte Blicke der Fahrerin.

Im Kreiskrankenhaus werde ich sofort in die Notaufnahme gebracht. Schnell sind ein halbes Dutzend Ärzte, Schwestern und Pfleger um mich herum, untersuchen mich, versorgen mich, beatmen mich, piksen mich. Man verlegt mich auf die Intensivstation. Die Medikamente schlagen an und endlich geht die Schlagzahl meines Herzens auf ein normales Maß zurück. Ich kann erleichtert durchatmen. Mit den Beruhigungsmitteln versinke ich in wohltuende Sorglosigkeit.

***

»Das war kurz vor knapp«, meint der Kardiologe am nächsten Morgen. »Ihr Defi hatte vor zwei Monaten ja schon mal ausgelöst, wie ich aus der Aufzeichnung des Geräts gelesen habe. Da hatten Sie eine Spitze von 230. Mit Medikamenten alleine bekommen wir das nicht in den Griff. Eine Ablation ist notwendig, um den Erregungspunkt stillzulegen, der immer wieder für diese Rhythmusstörungen sorgt. Sobald Sie stabil sind, überweisen wir Sie in die Uniklinik, die haben die entsprechende Ausstattung.«

Die Operation verfolge ich bei vollem Bewusstsein. Durch die örtliche Betäubung kann ich alles am Monitor sehen. Ich starre fasziniert auf das farbige 3D-Bild meines Herzens. Die Ablation ist ein Kathetereingriff am Herzmuskelgewebe, mit dem krankhafte elektrische Erregungsherde verödet und dadurch riskante Herzrhythmusstörungen beseitigt werden können, erklärt mir der Chirurg. Das Wissen um den Vorgang trägt mehr zu meiner Beruhigung bei als alle Sedativa.

***

Ich liege in meinem Krankenbett und blicke auf ein Bild, das mir gegenüber an der Wand hängt, ohne es wirklich zu sehen. Bis heute weiß ich nicht, welches Motiv das Gemälde eigentlich zeigt.

Ja, vor zwei Monaten hatte mein implantierter Defibrillator ausgelöst. An einem entspannten Sonntagnachmittag, den ich gemütlich auf der Couch verbrachte. Es war die Reaktion auf monatelangen Stress, den ich an meinem Arbeitsplatz auszuhalten hatte.

Begonnen hatten die Belastungen mit der Umstrukturierung der Firma durch eine Unternehmensberatung ein Jahr zuvor. Mit einem Mal konnte man sich auf nichts mehr verlassen. Entscheidungen, die letzte Woche noch richtig waren und gelobt wurden, waren jetzt völlig daneben und „das Letzte“. Einen Monat später wurde auch diese Meinung schon wieder revidiert. Die Verunsicherung unter der Belegschaft nahm zu. Immer wiederkehrende Diskussionen um Arbeitsprozesse ohne wirkliche Ergebnisse erhöhten zusätzlich den Frust.

Private Gespräche unter Kollegen waren plötzlich unerwünscht, ständig hatte man das Gefühl von Überwachung. Manche Verhaltensweisen grenzten gar an Mobbing. Für Erkrankungen oder Schwächen wurde nur wenig Verständnis gezeigt.

So hatte ich auch zuerst meine Kopfschmerzen ignoriert. Die Magenprobleme, die ein halbes Jahr später folgten, nahm ich schon ernster und meldete mich krank. Das Mitgefühl der Geschäftsleitung hielt sich in Grenzen und nur kurze Zeit an. Ich sollte gefälligst funktionieren.

Den weiter anwachsenden Stress bezahlte ich mit vermehrten Herzrhythmusstörungen und schmerzhaften Herzstichen. Mit dem Wissen um meine kardiologische Vorerkrankung im Hinterkopf beobachtete ich das Geschehen misstrauisch und versuchte mich zu wehren, so gut ich konnte.

In den Ruhephasen, die eigentlich der Erholung dienen sollten, brach mein System irgendwann zusammen und ergab sich der Schwäche. Da löste der Defi einen Elektroschock aus. Ich fühlte einen brutalen Schlag gegen die Brust, der mich von der Couch hochriss und die Luft aus den Lungen presste. Fassungslos erstarrt lag ich da, und versuchte zu begreifen, was gerade passiert war. Ich meldete mich erneut krank und kam erst nach einer Woche wieder in die Firma.

Diesmal dauerte mein Gespräch mit dem Chef etwas länger. Ich bat nicht mehr um Rücksichtnahme, ich verlangte sie. Das war vor fünf Wochen. »Voll für die Katz«, denke ich im Rückblick, eingesunken im Krankenhausbett. »So kann es nicht weitergehen.«

***

Aus den Ohrstöpseln dringt leise Radiomusik in meine Ratlosigkeit. Janis Joplin singt: »Freedom's just another word for nothin' left to lose.« Ich denke über die Weisheit nach, die in diesem kurzen Vers steckt: »Ich habe nichts zu verlieren, außer meinem Leben. Und das kriegt ihr nicht!« Noch ein alter 68er-Spruch fällt mir ein: »Mach kaputt, was dich kaputtmacht.« Ich lache so laut, dass mein Langzeit-EKG Purzelbäume schlägt.

Mir ist klar, dass ich radikal etwas ändern muss. Das war ein Schuss vor den Bug, noch deutlicher kann eine Warnung nicht ausfallen.

Ich beantrage eine Reha und verbringe ein paar erholsame Wochen in einer abgelegenen Kurklinik. Die Therapie hilft mir dabei, langsam wieder Kraft zu gewinnen. Ich unterhalte mich mit Patienten aus der Psychosomatik-Abteilung, die an Burn-out und Depressionen leiden, und entdecke erschreckend viele Parallelen zu meinem Fall. Auch sie beklagen die moderne Arbeitswelt mit ihrem hohen Tempo und steigenden Druck, bei dem der Einzelne verheizt wird. Die Angst vor Jobverlust ist ein bewährtes Mittel, um Mitarbeiter unter Druck zu setzen, vor allem, wenn diese die 50-Jahre-Grenze überschritten haben. Für Ältere sind die Chancen auf dem Jobmarkt gering bis nicht mehr vorhanden, trotz Fachkräftemangels. Bestens qualifiziert, aber zu alt.

Ich bin scheißwütend.

***

Von meinem Balkon aus blicke ich auf eine riesige Waldfläche, die bis zum Horizont reicht. So erscheint es mir jedenfalls. Die endlos-grüne Weite hilft mir, mich auf das Wesentliche zu konzentrieren, und meine Zukunft zu überdenken.

Mein Entschluss steht fest: *Tschüss, ihr Arschlöcher!* In diesen Betrieb kehre ich nicht mehr zurück. »Ich kündige«, rufe ich meinen Chef an. Sein Bedauern darüber klingt nur halbherzig. Das gibt mir das Gefühl, richtig zu handeln.

Meinen Beruf kann ich auch zu Hause ausüben, mich selbstständig machen. Ich versuche, mir die künftige Arbeit als Bild vorzustellen. Zuerst tropfenweise, dann immer flüssiger und fast schon überschäumend fallen mir Ideen und To-do-Listen ein. Das Herzklopfen hierbei fühlt sich sehr gut an. Die unbekannte Zukunft setzt neue Energien frei. Beinahe euphorisch fülle ich eine Kladde mit Stichwörtern und Konzepten. Die Sozialarbeiterin weist mich auf das wirtschaftliche Risiko hin und meint, dass damit ein neuer Stressfaktor entstehen könnte. Das sehe ich auch, nur habe ich nicht viel Auswahl. »Wie oft soll ich denn noch meine Gesundheit riskieren? Das ist kein Gehalt der Welt wert«, entgegne ich. Für mich besteht ein Unterschied darin, ob Druck von außen ausgeübt wird, oder ich ihn selber verantworten und steuern kann. Ich stelle alle Anträge, die nötig sind, um mich finanziell eine Weile über Wasser zu halten. Ein paar Monate später liegen die Genehmigungen vor und ich starte mein freiberufliches Leben.

***

Heute jährt sich der 29. April, dieser dramatische Tag, der für mich zum Wendepunkt wurde. Ich sitze in meinem Büro und schaue aus dem Fenster auf grüne Bäume und Büsche. Mein Leben ist nicht einfacher geworden, aber deutlich lockerer. Das gute Gehalt von damals habe ich nicht erreicht, und manchmal drücken mich die Geldsorgen. Dafür ist mein Arbeitsalltag tiefenentspannt. Ich arbeite Vollzeit, eher mehr als weniger. »Selbst und ständig«, wie ich gerne spotte. Eine leichte Disziplinlosigkeit sorgt dafür, dass ich mir den Tag einteile, wie es mir und meinem Körper am besten gefällt. Vor allem sind es die Aufgaben, die meiner Arbeit den richtigen Sinn geben. Ich lebe meinen kreativen Traum. Das erfüllt mich mit Stolz und Zufriedenheit. Ich brauche keine Bonuspunkte oder Bewertungsbögen, um zu wissen, dass ich gut bin in dem, was ich tue.

Meine Katze liegt auf der Fensterbank und blinzelt mir zu. »Freiheit, die ich meine«, sage ich leise zu ihr. Sie dreht nach Katzenart desinteressiert den Kopf weg, schaut lieber nach draußen. Zu den Vögeln, die auf den Ästen hin und herhüpfen. Die Schwanzspitze zittert erregt.

Ich muss lächeln.

Autorinnen und Autoren

Cornelia Aistermann

Cornelia Aistermann, 1970 in Gütersloh geboren und im ländlichen Verl (Kaunitz) aufgewachsen, hat Diplom Pädagogik in Bielefeld studiert, wo sie seitdem lebt. Sie arbeitet im Sozialen Dienst eines Pflege- und Betreuungszentrums. Bisher hat sie zwei Reiseführer für Familien, einen Spinnenkalender und einen Bildband über (Trost-) Engel veröffentlicht. Dies ist ihr dritter Beitrag in einer Anthologie. Mehr Informationen im Internet unter www.battys-reise.de.

Gisela Atteln

Gisela Atteln verfasst Reise-Taschenbücher für DuMont, arbeitete über 30 Jahre als freie Journalistin, veröffentlichte Bücher mit eigenen Märchen, Erzählungen, experimentellen Texten und ist in mehreren Anthologien mit Kurzgeschichten und Lyrik vertreten. Die gebürtige Fränkin lebt seit 1971 mit ihrer Familie im pfälzischen Schifferstadt, wo sie sich vielfach ehrenamtlich engagiert, u. a. in der Kulturförderung vor Ort. www.giselaatteln.de

Maryanne Becker

1952 in Ostbelgien geboren, dort aufgewachsen und seit über vierzig Jahren leidenschaftlich in Berlin verwurzelt, schreibt und veröffentlicht Maryanne Becker Romane, Kurzgeschichten und Sachbücher. Als »Mörderische Schwester« publiziert sie Kurzkrimis, die Spandau, den beschaulichen Bezirk im äußersten Westen Berlins, aus dem Blickwinkel des Bösen fokussieren. www.maryanne-becker.de

Ursula Dittmer

Ursula Dittmer (Jahrgang 1953) lebt in Würzburg. Die studierte Sozialpädagogin war bis 2016 Inhaberin eines Geschäftes. Der fünfteilige Fasanthiola – Zyklus war ihre erste Romanveröffentlichung. Mit Kurzgeschichten ist sie an mehreren Anthologien beteiligt. Weitere eigene Projekte sind in Arbeit.
http://www.fasanthiola.de und
https://www.facebook.com/ursula.dittmer

Sandra-Maria Erdmann

Sandra-Maria Erdmann, geboren 1980 in Cottbus, lebt seit fünfzehn Jahren in Iserlohn, ist verheiratet und Mutter von drei Kindern. In einer Iserlohner Hauptschule arbeitet sie als freischaffende Künstlerin, bloggt über Familienthemen und engagiert sich in unterschiedlichen Ehrenämtern. Seit fünf Jahren gehört Sandra-Maria Erdmann zur Iserlohner Autorengruppe „Waldstadtstifte" und besucht Schreibseminare, um sich stetig weiterzuentwickeln. 2014 veröffentlichte sie einen Ratgeber zum Thema Mutter-Kind-Kuren im Fant-Verlag, einige ihrer Kurzgeschichten wurden in Anthologien publiziert. Zurzeit arbeitet sie an einem Kriminalroman, dessen Fortschritt auf ihrer Autorenseite mitverfolgt werden kann:
sandra-maria-erdmann.com
Foto © Studioline Photography

Leonhard Föcher

Leonhard Föcher wurde 1958 in Duisburg geboren. Nach etlichen Ausbruchsversuchen machte er schließlich 1983 sein Abitur auf dem Abendgymnasium und studierte Germanistik, Philosophie, politische Wissenschaften sowie Kommunikationsforschung, Altphilologie und Slawistik. Nach dem Studium machte er eine Weiterbildung zu Rundfunkredakteur.
Seinen Lebensunterhalt verdiente er u.a. als Dachdecker, Bauunternehmer, Reporter und Nachtwächter. Nach längeren Aufenthalten in Rom, Hessen und Baden- württemberg kehrte er 2003 ins Ruhrgebiet zurück und wohnt seitdem in Gladbeck. Hier arbeitet er als Koordinator für ein großes Bildungsunternehmen und als Dozent an verschiedenen Hochschulen und Volkshochschulen.
Leonhard Föcher schreibt seit seinem 10. Lebensjahr Gedichte und Kurzgeschichten und hält regelmäßig Lesungen. Veröffentlicht wurden von ihm bislang einige Sach- und Fachbücher, sowie Filme und Radiobeiträge.

Jana Franke

Schreiben ist wie tanzen nur mit Worten.
Wort, Bild und Ton zu verbinden, um Eigenes entstehen zu lassen, ist ihr Ziel. Sie verfasst Erzählungen, Essays, Märchen, Gedichte … entwickelt Künstlerbücher zusammen mit Illustratoren und Buchgestaltern.
1965 als Tochter einer Schauspielerin und Enkeltochter einer gestandenen Matrone geboren. Verheiratet, zwei Kinder, selbständige Supervisorin und seit 2015 Autorin. Anthologien, unzählige Lesungen, Jurorenarbeit bei www.blogq5.de und Mitglied der 42er Autoren e.V.
www.janafranke-potsdam.de

Peter Futterschneider

Buchstaben zu Worten, Worte zu Sätzen, Sätze zu Personen, Personen zu Handlungen, Handlungen zu Geschichten, Geschichten zu Bühnenstücken, Bühnenstücke zu Romanen, Romane zu Träumen. Von Träumen bleiben zuerst Geschichten, dann Bilder, dann Personen, dann Sätze, dann Worte, dann Buchstaben.
1995 zum Amateurtheater gefunden, 1999 ein Theaterstück für ein sechszehnjähriges Schubladendasein geschrieben, 2015 Schublade geöffnet und seit dieser Zeit fließen unentwegt Theaterstücke, Kurzgeschichten und noch mehr. Dafür habe ich das Projekt GROLLUNDSCHMOLL (eingetragene Marke) angelegt.
Ich liebe Theater und Musik, diese lieber in kleinen Clubs als in großen Hallen. Meine Familie gibt mir Kraft und Inspiration. Ich betrachte es als Geschenk, schreiben zu dürfen. www.grollundschmoll.de/

Geli Grimm

Die aus Salzgitter stammende und in Holzwickede heimisch gewordene Autorin Geli Grimm ist ein Kind der 1970er. Nach ihrer Laufbahn einer klassischen »Tippse« wechselte sie von beruflichem Erfolg zum Familienmanagement und ist inzwischen Mutter von drei charmanten Jungs, Angetraute eines nachsichtigen Ehemanns, von Herzen verbundene Schwester sowie zeit ihres Lebens liebende Tochter der elterlichen Wurzeln. Dem Schreiben, schon seit Schulzeiten eine Leidenschaft von ihr, ist sie allen Widrigkeiten zum Trotz zumindest als freie Journalistin treu geblieben. Im Jahr 2016, ihrem Coming-out als Schriftstellerin, hat die selbsternannte Lebenskünstlerin bereits in zwei Anthologien ihre leicht morbiden Kurzgeschichten veröffentlicht, wobei sie bei »Der Tag der toten Katze« überdies als Herausgeber fungierte.
www.geli-grimm.de

Ragnar Guba

Der Autor Ragnar Guba wurde am 23. Oktober 1972 in ältesten Ort Thüringens, Arnstadt, als Jüngster von vier Geschwistern geboren. Nach Ausbildungen und Umschulungen zu drei Berufen, war er bislang hauptsächlich als Call-Center-Agent für verschiedene Unternehmen tätig.
Bereits seit seinem 13. Geburtstag schreibt er Gedichte und hat bei 200 aufgehört zu zählen. Im März 2014 begann der Autor Märchen und Weihnachtskurzgeschichten zu schreiben.
Ragnar Guba liest seine Märchen, Kurzgeschichten und Gedichte in Kindergärten, Grundschulen, zu Kindergeburtstagen, Weihnachtsfeiern, auf Weihnachtsmärkten u.ä. vor.
Unter www.neue-maerchen.de.tl und www.der-dichter.jimdo.com findet man Leseproben und weitere Informationen zu ihm.

Anke Höhl-Kayser

Anke Höhl-Kayser, 1962 in Wuppertal geboren, schreibt seit 2009 Fantasy, Science-Fiction und Lyrik. Sie hat bislang zehn Romane in verschiedenen Verlagen und mehr als 30 Kurzgeschichten und Gedichte in Anthologien veröffentlicht. Mehrere Werke wurden mit Preisen ausgezeichnet, zuletzt gewann sie 2015 den DrachenStern-Fantastikpreis. Mehr Informationen auf www.hoehl-kayser.de

Susanne Horn

Susanne Horn ist Autorin aus Leidenschaft. Trotz oder gerade wegen ihres Handicaps, der Lese- Rechtschreibschwäche, liebt sie das Schreiben. Seit sie diese Faszination lebt, wurden ein Jugendroman und drei Kurzgeschichten in verschiedenen Anthologien veröffentlicht. Mehr über ihre Texte und soziales Engagement findet man auf ihrer Homepage www.susannehorn.jimdo.com

Anke Kemper

Anke Kemper ist Theaterautorin und Inhaberin des adspecta Theaterverlages. Ihre Komödien und Krimikomödien werden deutschlandweit aufgeführt. Sie spielt selbst Theater und führt Regie bei der holterdipolter Theatergruppe in Berge. Weiterhin ist sie Mitglied beim Impro-Theater in Arnsberg. Mit ihrer Krimi-Comedy schlüpft sie in die Rolle von „Kaulmann's Hermann seine" und bringt ihre „Mordsgedanken« oder den „Leichenschmaus" auf die Bühne. Mitglied bei den Mörderischen Schwestern und beim Syndikat. www.kempers-art.de

Theres Krause

Theres Krause wurde 1991 in Berlin geboren. Nach ihrem Bachelorstudium in den Bereichen Germanistik und Linguistik an der Universität Potsdam setzte sie ihr Studium der Germanistik im Master mit dem Schwerpunkt der Literaturwissenschaft fort. Seit 2016 ist sie freiberuflich als Förderlehrerin und Autorin tätig. Ihr Erstlingswerk „Alexander bricht aus", das sie zusammen mit Barbara Bellmann verfasste, wurde 2017 veröffentlicht.
https://unsichtbaresberlin.wordpress.com/

Bettina Lausen

Bettina Lausen, Jahrgang 1985, gelernte Bankkauffrau, zurzeit in Elternzeit, studiert Kulturwissenschaften mit den Schwerpunkten Literatur und Geschichte. Nach mehreren Kurzgeschichten in Anthologien und dem Kriminalroman „Das vermisste Mädchen" erschien 2017 mit „Die Reformatorin von Köln" ihr erster historischer Roman. www.bettinalausen.de

M. W. Ludwig

M.W. Ludwig erblickte am 13.9.1977 das Licht der Welt. Bereits während seines Studiums der Germanistik und Anglistik in Aachen und Köln begeisterte er sich für Literatur in jeder Form. Danach arbeite er als Radiomoderator, Zeitschriftenkolumnist und Künstlermanager. Heute lebt er mit seiner Familie, Hunden und Katzen in Dresden und Düren (Rheinland), wo er eine Theatergruppe leitet und an neuen Ideen arbeitet. Bislang sind die Novelle »Der Earl von Gaudibert«, ein Ebook (»Vom Zweck und den Mitteln«) und einige Kurzgeschichten in gedruckter und gesprochener Form von ihm veröffentlicht worden. Eine weitere Novelle ist in Arbeit.

Hermann Markau

Hermann Markau wurde 1948 geboren, machte 1967 Abitur, ging für vier Jahre zur Bundeswehr, wurde Offizier, verweigerte den Kriegsdienst nachträglich, studierte an der PH Flensburg, um Lehrer zu werden, wurde Lehrer, kündigte nach vier Jahren, um in der Kneipe seiner Frau unternehmerisch tätig zu werden, wurde irgendwann Diskothekenwirt, ist nun Privatier, singt als Gastsänger in einer Band und hat das Schreiben – natürlich – mit etwa zwölf Jahren begonnen. Ernsthaft betreibt er es allerdings erst seit 2009.
Alle Werke sind näher zu betrachten und zu kaufen auf seiner Webseite: www.hermann-markau.jimdo.com

Cora G. Molloy

Cora G. Molloy, Jahrgang 1968, wuchs in einem Elternhaus mit vielen Büchern auf. Nach dem Geschichtsstudium zog es sie zurück zu den Büchern und sie wurde Bibliothekarin. Sie ist geschieden und lebt mit ihren beiden Kindern, zwei Hunden und sechs Meerschweinchen im Rheinland. In allen Lebensphasen schrieb sie: Tagebücher, Briefe, Aufsätze, Buchrezensionen, Gedichte und Geschichten. Mit „Unglaublich, Stina" erschien 2017 ihr Debütroman.
https://www.facebook.com/CoraG.Molloy/

Daniel Mylow

Daniel Mylow, geb. 19.08.1964 in Stuttgart. Seit 2009 als Deutsch-, Theater- und Philosophielehrer an der Freien Waldorfschule Marburg. Studium der Germanistik+ Medien, Psychologie und Philosophie in Bonn und Marburg. Poesiepädagoge u. Dozent für Literatur an VHS. Mitglied im BVjA. Versch. Literaturpreise und Auszeichnungen, div. Veröffentlichungen. 2004 erschien das Buch „Im Garten des Zauberers – Tangoerzählungen", nada-Verlag Kastl.
Aktuelle Auszeichnungen: Literaturpreis der Sparkassenstiftung Groß-Gerau am 15.03.2016/ Literaturpreis der Katholischen Akademie für Bildung „Auf der Suche nach der verlorenen Sprache" in Höhe von tausend Euro im Oktober 2015 in Stuttgart verliehen/ futura-Literaturpreis für Kurz-Kurzgeschichten 2015. Roman „Nordmeer" gerade beendet.

Nicole Peters
Nicole Peters wurde 1968 am Niederrhein geboren. Das Studium der Geographie führte sie nach Bonn, wo sie nach Studienabschluss im Lektorat eines Verlags arbeitete. Heute lebt und arbeitet sie mit ihrem Mann in Hennef. Sie ist Mitglied der Literaturwerkstatt Hennef und der Mörderischen Schwestern. 2018 erscheint ihr erster historischer Roman im Gmeiner Verlag.
Mehr über sie und ihre Geschichten unter
www.nicolepeters-autorin.de

Aide Rehbaum
Dr. Aide Rehbaum, promovierte Archäologin und langjährige Wissenschaftsjournalistin (Volkskunde, Völkerkunde, Geschichte) für die Wochenendbeilage einer hessischen Tageszeitung; freie Autorin seit 2004: Firmenfestschriften, Auftragsbiografien; Romanbiografien; Dozentin für kreatives Schreiben an der VHS Bonn seit 2006. Schwerpunktinteresse Afrika; wohnt seit 1994 im Dunstkreis von Bonn.
www.kreativ-schreibstudio.de (vollständige Publikationsliste)

Andrea Z. Rhein
Andrea Z. Rhein, geboren 1967 im Münsterland. Sie ist Diplom-Übersetzerin und lebte in Paris und Tokio. Heute arbeitet und wohnt sie mit kleiner Familie und Katze im Rheinland. Sie schreibt bevorzugt Kurzgeschichten. Sie ist Mitglied der Mörderischen Schwestern. www.andrea-rhein.de
(Foto © www.nikolas-mueller-art.com)

Angela Rother-Busche
Angela Rother-Busche lebt mit jüngstem Sohn und Katze in Hannover. Schreibt Drehbücher, Romane und zur Entspannung Kurzgeschichten und Erzählungen. Ihre Texte handeln von menschlichen Unzulänglichkeiten mit ihren mehr oder minder starken Ausprägungen, schildern das Scheitern an perfektionistischen Vorstellungen und Lebensplänen.

Sylvia Sabrowski

Sylvia Sabrowski wurde 1971 im Ruhrgebiet geboren, wo sie nach dem Studium der Psychologie, Pädagogik und Sprachwissenschaften als Freiberuflerin arbeitet und mit Mann, Kindern und anderthalb Katzen lebt. Ihre Schreibmotivation: Begebenheiten und Befindlichkeiten auf den Punkt bringen. Einige ihrer Kurzgeschichten und Gedichte sind in Anthologien erschienen. Die Autorin schreibt in der Bandbreite lyrisch, urban, autobiografisch, regional, Krimi, Science-Fiction, Fantastik. www.sylviasabrowski.de

Olaf Stieglitz

Olaf Stieglitz wird von zwei Katzendamen in einer gemeinsamen Wohnung in Wuppertal geduldet. Nach längerer Schreib-Abstinenz hat er 2016 wieder begonnen, an seiner Karriere als weltberühmter Schriftsteller zu arbeiten. Zur Zeit versucht er sich dabei überwiegend an Kurzgeschichten, mit denen er sich bei verschiedenen Ausschreibungen bewirbt und auch schon erste Erfolge verbuchen konnte.
https://www.facebook.com/
Olaf-Stieglitz-906197966187903/

Katrin Thiele

Katrin Thiele lebt mit Mann und Hund ländlich in der Nähe von Hamburg. Neben ihrer Arbeit als Tierheilpraktikerin schreibt sie Kurzgeschichten und Krimis. Bislang wurden fünf Kurzgeschichten sowie ein Lyrik-Beitrag von ihr veröffentlicht. Ihr erster Kriminalroman „Die Braut" erscheint in Kürze beim Stuber Publishing Verlag, New York.

Ricardo Ulbricht

Ricardo Ulbricht (*29.9.1980 in Malchin, Mecklenburg Vorpommern) lebt in Rostock. Nach dem Studium der Germanistik und Anglistik arbeitete er für einige Zeit als wissenschaftlicher Mitarbeiter an der Universität Rostock. Heute ist er als freiberuflicher Layouter, Korrektor, Texter, Internet Bewerter und in anderen Medienbereichen tätig. Seine Kurzgeschichte in der vorliegenden Anthologie ist erst seine zweite Veröffentlichung. Inzwischen begleitet er morgens erfolgreich Kind Nummer Zwei in den Kindergarten.

Raphael Warnke

Geboren am 14.12.1989 im Emsland, ab dem 14. Lebensjahr wechselweise zwischen Ruhrgebiet und niedersächsischer Provinz aufgewachsen. Nach der Schule ein Jahr beim Radio (Radio Tonkuhle Hildesheim) als Redakteur und Moderator gearbeitet. Mittlerweile Student im Fach Online-Journalismus im sechsten Semester. Zukunft: positiv ungewiss.

Manu Wirtz

Manu Wirtz ist Jahrgang 1959 und gebürtige Solingerin. Nach einer Lehre absolvierte sie an der Bergischen Universität Wuppertal ein Studium zur Kommunikationsdesignerin.

Seit Jahren arbeitet sie als freiberufliche Grafikdesignerin für Buchverlage und in der Werbung. Daneben ist sie Autorin von Krimis, Thriller, Kurzgeschichten und Sachbüchern sowie Herausgeberin von mehreren Anthologien.

Manu Wirtz lebt in der Vulkaneifel mit ihrem Ehemann und ihren Tieren. Mehr Infos unter www.katzenkrimi.com und www.manuwirtz.de

Die Autorin ist Mitglied bei: Mörderische Schwestern e.V., Literaturwerk Rheinland-Pfalz-Saar e.V. (Schatzmeisterin) und Selfpublisher Verband.

Manu Wirtz organisiert seit 2012 die Gemeinschaftslesung LIT-West, ein Forum für Indie-Autoren und Selfpublisher. Infos unter www.lit-west.de.

Der Familienbetrieb

Brighton Verlag® GmbH

... hat es sich zur Aufgabe gemacht, Bücher und Filme zu veröffentlichen,
die eventuell von großen Verlagen oder dem Mainstream nicht erkannt werden.
Besonders wichtig ist uns bei der Auswahl
unserer Autoren und deren Werke:
Wir bieten Ihnen keine Bücher oder Filme an,
die zu Tausenden an jeder Ecke zu finden sind,
sondern ausgewählte Kunst, deren Wert in ihrer Einzigartigkeit liegt
und die damit – in unseren Augen – für sich selbst sprechen.
Wir sind davon überzeugt, dass Bücher und Filme bereichernd sind,
wenn sie Ihnen Vergnügen bereiten.
Es ist allerdings unbezahlbar, wenn sie Ihnen helfen,
die Welt anders zu sehen als zuvor.

Der Brighton Verlag® sucht und bietet das Besondere –
lesen Sie selbst und Sie werden sehen ...

Ihr Brighton® Team

Sonja Heckmann
Geschäftsführung des Verlages · she@online.de

Jasmin N. Weidner
Assistenz Geschäftsführung · Social Media Manager & Leitung PR
brighton@jasminweidner.com

Anne Merker
Sekretariat Brighton® Group · info@brightonverlag.com

Ernst Trümpelmann
Satz, Buch- & Covergestaltung · ernst.truempelmann@t-online.de

Team Graphikdesign & Illustrationen:
Sabine Kosmin · *sabine.kosmin@web.de · www.sabine-kosmin.de/coverdesign*
Olaf Kostbar · *design@o-kostbar.de · www.o-kostbar.de*
Sabrina Kuhls · *sabrina.kuhls@freenet.de · www.pinselwichtel.de*
Viktoria Petkau · *info@gedankengruen.com · www.gedankengruen.com*
Lydia Pollakowski · *lydia.pollakowski.art@web.de*
Tamara Wessner · *TamiWessner@gmx.at*

Katharina Rickmann
Leitung Lektorat & Werbetexte · K.Rickmann.liest@gmx.de
Eva Lang, Tess Herzog, Tara R., HST
Lektorat und Texterstellung · info@brightonverlag.com